KB020689

아무것도
하지 않는
즐거움

황금 알을 낳는 '미운 아기 오리'를 찾습니다!

보랏빛소와 함께라면 당신도 저자가 될 수 있습니다. 아직 원고가 없어도 좋습니다. 세상에 없던 멋진 아이디어가 있다면 **2gobest@gmail.com**으로 보내주십시오. 백조가 될 당신의 아이디어, 베스트셀러가 될 때까지 검은 머리 '퍼플'이 되도록 만들어보겠습니다.

Mission: Remarkab!e

행복은
삶의 최소주의에
있다

아무것도
하지 않는
즐거움

함성호

지음

보랏비소
Borabit ㅊ Cow

우리는 가장 가까운 사람들, 가장 잘 이해해
줘야 하는 사람들을 이해하지 못한 채 살고
있습니다. 그러나 그래도 여전히 우리는 그들
을 사랑할 수 있습니다. 온전한 이해 없이도
우리는 서로 온전하게 사랑할 수 있습니다.

내 인생의 첫 번째 그림

누구든 뭔가를 어떻게 '시작'했는지 말한다는 건 쉽지 않다.

누군가와의 첫 만남에 이미 깨달음을 얻은 선승도 있다지만 나 같은 범인은 겨우 기억 속의 편린들을 주워 모아 나열하는 일이 고작이다. 내 인생의 첫 번째 그림도 그렇다. 어른들은 그 훨씬 전부터라고 말씀하시지만 내 기억 속에는 여덟아홉 살 무렵에 긁적인 낙서에서 시작했다. 그나마 그걸 기억하는 것은, 사고였기 때문이다.

어릴 때 나는 말이 없는 아이였다. 낯선 사람들은 그런 내가 벙어리인 줄 알았다. 어머니는 그런 나를 좀 답답해하신 것 같다. 누가 묻지도 않았는데 쟤가 워낙 낯을 심하게 가린다는 말로 변호 아닌 변호를 하시곤 했다. 그 말씀도 사실이라 나는 친구들과 어울려 놀기보다는 혼자 방바닥에 엎드려 그림 그리는 걸 좋아했다. 어머니는 그런 내가 성가시게 굴지 않고 혼자 잘 노니까 한편으로는 기특하고, 한편으로는 걱정도 많이 하셨다. 집안일을 하시면서도 가끔 나를 불러 대답을 하는지 어떤지 확인하시곤 했다. 나는 그런 어머니의 확인이 싫지 않았다. 눈부신 햇빛 아래에서 놀던 한여름이든, 소복소복 쌓이는 눈밭에서 놀던 한겨울이든 어머니의 목소리는 정적 속에서 나를 꺼내주곤 했다. 그 목소리를 들은 나는 겨우 현실의 공간으로 돌아올 수 있었다. 물론 곧 다시 무엇으로 빠져들긴 했지만 지금도 나는 궁금함과 걱정이 섞여 있는, 아무 용건도 없는, 그저 불러보는 게 다인, 어머니의 부드러운 목소리를 기억한다.

내 인생의 첫 번째 그림은 그런 어머니의 목소리도 들리지 않던 어느 날, 세상에 나왔다. 여름의 어느 날이었고, 그때 방의 창호지 문은 유난히 환했다. 나는 아무 생각 없이 사인펜을 들고 이 방 저 방 다니며 문에다 그림을 그렸다. 세상에 없는 마을의 풍경이었다. 그림의 위쪽에는 구름이 있었는데 그 위에는 아래 풍경을 그리고 있는 누군가(아마도 나였을 것이다)가 있었다. 왜 그랬을까? 낙서 수준의 이 그림은 어머니에게 창호지를 새로 바르는 수고를 끼쳐드렸다. 어머니는 모든 문들을 뜯어서 수돗가에 놓고 불려서 깨끗이 닦은 다음 풀을 쑤어 새로운 창호지를 바르셨다. 한여름에 고생하시는 어머니를 보고 나는 내 인생에서 또 처음으로 미안한 감정이라는 것을 느꼈던 듯하다.

그 일 이후 당시 양복점을 운영하시던 아버지는 옷감을 싸는 습자지를 모아서 나에게 주셨다. 나는 거기다가 그림을 그렸다. 그리고 언제부턴가 나는 이야기를 만들어 그림으로 표현하고 있었다. 혼자 이야기를 지어내고, 혼자 그림을 그렸다.

작은형은 그런 나에게 뭐 하는 거냐고 물었다. 내가 뭘 하는 건지 내가 어떻게 알겠는가? 그때부터 형은 밖에서 놀다 지치면 내 옆에 같이 엎드려서 내가 하는 이야기를 듣다 잠이 들었다. 작은형은 그걸 '가짜 이약'이라고 불렀다. 나는 그렇게 '가짜 이약'의 작가가 되었고, 작은형은 내 이야기의 첫 독자였다. 그런데 그는 한 번도 내 이야기를 끝까지 들은 적이 없었다. 사실 작은형은 내 '가짜 이약'을 수면제로 이용했다. 그렇게 그가 잠이 들면 나는 다시 혼자가 되었고, 이야기는 속으로 삼켰다. 그림과 글이 있는 이 책은 그때 그 소년들이 자라 어른이 되었듯이 '가짜 이약'이 혼자 자라난 모습이다.

이 책에는 '삶의 최소주의'라는 부제가 달려 있다. 그동안 네 권의 시집을 내면서 나는 자본주의라는 욕망의 얼굴을 어떻게 좀 더 따뜻한 것으로 만들 수 있을까 고민해왔다. 신화의 세계에서 대안을 찾기도 했고(『56억 7천만 년의 고독』), 그 공간을 만들어보기도 했으며(『꽃 타즈마할』), 사랑의 실체에서 들여다보려 했고(『너무 아름다운 병』), 가장 적나라한 욕망의 얼굴을 그려보려고도 했다

(『키르티무카』). 그리고 건축의 측면에서는 조선 성리학이 말하던 검(儉)의 미학을 통해 자본주의가 가진 욕망을 질적으로 변화시키고자 했다.

가지고 있는 지식도 턱없고, 연륜도 깊지 않아 글이 복잡해졌다. 나 역시 심신이 지쳐 있는 것이, 독자들도 마찬가지였으리라.

그래서 좀 편안한 모습으로 보이고 싶어 한 결과가 이 카툰 에세이다. 옛사람들도 공부하다 지치면 이런저런 잡서로 심신을 위로했다고 한다. 나는 이 카툰 에세이가 그런 존재가 되었으면 좋겠다. 그러나 역시 책을 만드는 일은 고되다. 내 고됨보다 다른 사람들이 힘들었을 것이다. 나의 이 '가짜 이약'을 책으로 내자고 권유한 김완수 시인에게 감사한다. 더구나 선뜻 그러자고 동의해 준 퍼플카우 식구들에게도 감사한 마음을 숨길 수가 없다. 그리고 무엇보다 '가짜 이약'의 첫 번째 독자였던 작은형에게 감사한다. 그는 비록 내 이야기를 듣다 매번 잠들었지만, 아마도 내 이야기를 꿈으로 꾼 첫 독자이기도 했으리라.

2013년, 정발산 소소재(素昭齋)에서
함성호

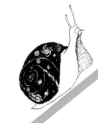

1부

인간은 꿈꿀 때만이 영원하다.
신은 우리의 꿈이고,
우리는 신의 꿈이다.

사람들은 평생 한 번 집을 지을까 말까 한다. 그러면서도 사람들은 평생 집에 대해서 이런저런 꿈을 꾼다. 그러다 자기 집을 지을 기회가 오면 사람들은 너무 많은 짐을 꾸리다가 그 무게에 치이는 초보 탐험가의 심정이 된다. 처음 건축주들을 만나 어떤 내용의 집을 원하는지 물어보면 대개는 그냥 식구들이 각자 쓸 수 있는 방 하나씩이면 족하다고 말한다. 하지만 시간이 점점 흐를수록 원하는 내용이 눈덩이처럼 불어난다. 부모님이 오셨을 때 묵을 방도 있으면 좋겠고, 친구들이 놀러 오면 잠잘 수 있는 방도 하나 더 있으면 좋겠다고 생각한다. 그러다가 홈시어터도 있으면 좋겠고, 음악을 따로 들을 수 있는 오디오 방도 있으면 좋겠고, 책이 늘어날 것에 대비해 서재도 더 넓었으면 좋겠다고 생각한다. 평생 한 번 짓는 집이니 뭔가 빠뜨리는 내용이 있지 않을까 생각을 멈출 수가 없다.

그러나 이쯤 되면 정작 필요한 것들은 '있으면 좋은 것들' 때문에 이리저리 치이고 밟혀서 제 기능을 상실하고 만다. 거기다 화려한 자재로 집을 치장하기까지 한다. '타일 하나에 몇 천 원만 더 들이면, 더 좋은 목재를 쓰기 위해 약간의 돈만 더 들이면, 더 괜찮은 싱크대를 사기 위해 조금만 돈을 더 들이면……' 하는 생각들이 모여 나중에는 엄청난 금액이 된다. 돈만 들인다고 좋은 집이 되는 것은 아니다. 더군다나 집이 계층적 구분을 상징하는 것처럼 여겨지는 세태도 문제이다. 조선시대에는 사대부들이 집을 지을 때 지켜야 하는 삼칸지제(三間之制)라는 덕목이 있었다. 쉽게 말하면 집은 세 칸을 넘지 말아야 한다는 것이다. 세 칸이면 아홉 평 정도다.

옛사람들은 이 세 칸이 허용하는 범위 안에서 생활을 줄여나갔다. 책을 펴면 다 덮이는 작은 책상 하나, 구석에 놓을 수 있는 책꽂이, 책꽂이에도 책을 너무 많이 꽂는 것을 꺼렸다. 이불이나 머리에 쓰는 갓 같은 것은 작은 벽장에 넣어 눈에 띄지 않게 했고, 벽에 그림 같은 것들도 잘 걸지 않았다. 다만 창을 통해 바깥의 풍경을 방으로 끌어들이는 것에는 인색하지 않았다.

침대도 있어야 하고 책상도 있어야 하고, 컴퓨터도 있어야 하고,

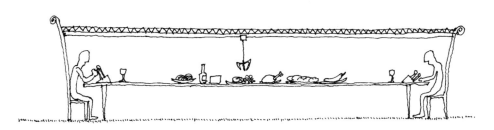

삶의 최소주의

옷장도 있어야 하는, 지금의 우리가 이 덕목을 곧이곧대로 실천하기는 힘들지만 그럴수록 삼칸지제가 함의하고 있는 삶의 최소주의를 다시 한 번 생각해봐야 할 때이다. 왜냐하면 지금 우리는 없어서가 아니라 남아서 문제인 세상에서 살고 있기 때문이다. 남아서 서로 나누는 세상이 아니라 남는 사람은 남는 대로 버리기 바쁘고, 없는 사람은 없어서 문제인 세상이 아닌가?

옛사람들은 삼칸지제를 고집스럽게 지켰다. 그것은 법 이전에 마땅히 행해야 할 선비의 도리였다. 가난해서가 아니라 있을수록 남의 눈을 의식하고, 이 부(富)가 어디서 왔는지 생각하는 자세를 잃지 않기 위해서였다. 그것이 당대의 사회적 가치로 자리 잡으면서 규범화되어 갔던 것이다.

그러나 우리가 과연 욕망의 문제를 그렇게 규범으로 억제할 수 있을까? 우리의 아름다운 금수강산은 점점 대형화되는 건물들에게 자리를 내주기 위해 깎여나간다. 물인들 온전하랴. 4대강 사업에 강들이 죄다 파헤쳐지고, 한강에는 이런저런 이유로 다리들이 자꾸만 늘어난다.

내가 대학을 졸업할 무렵에는 건설 경기가 아주 안 좋았다. 취직을 걱정하는 토목과 친구 하나가 아이디어랍시고 내놓은 게 한강을 복개하자는 것이었다. 물론 농담이었고, 말도 안 되는 개수작이라고 일축했지만 요즘엔 그렇지도 않다. 이미 국토의 젖줄들이 파헤쳐졌고, 실제로 성산대교에서 불과 200미터 남짓 떨어진 하

류에 또 교각 공사를 하고 있지 않은가? 저러다 아예 한강이 복개
될까 봐 걱정이다.

지금은 출퇴근 시간을 정해놓고
일정한 시간대에 움직이지 않아
도 되는 처지이지만 한때는 나도
도시의 일상 속에서 하루하루 시
간을 쪼개가며 살았다. 그때 직
장은 반포 근처였고, 집은 일산
에 있어 이동 시간이 족히 한 시

간 반은 걸렸다. 그때 지하철에서 읽었던 책이 6단 책꽂이를 다 채
우고도 남을 정도였지만 지금 생각하면 나는 이상하게 잠자던 기
억밖에는 없다. 차만 타면 자는, 별 이상하지도 않은 습관을 두고
어떤 사람은 일종의 멀미라는 진단도 했으나, 나는 차 안에서 자
는 게 달콤하기만 했다. 차 안에서의 졸림은 극에 달해 좌회전 신
호등이 들어오면 내려야 하는 걸 멀쩡히 알면서 그새를 못 참고

잠에 빠져 내릴 곳을 지나치는 건 예사였고, 버스를 탄 곳으로 다시 돌아오는 일도 빈번했다. 지하철에서 옆 사람에게 기대어 자다 타박을 맞는 일은 정말 민망하기 그지없었다.

그러니 나에게 출근 시간이란 게 제대로 지켜질 리 없었다. 한동안은 일산에서 지하철을 타고 반포로 출근을 했다. 복잡한 시간이지만 종점 전 역이라서 항상 앉아 가는 나는 졸기만 했다. 책을 읽다 잠에 떨어져서 지하철이 한강을 건널 때 한 번 깨고, 다시 또 잠에 빠져든 내가 두 번째로 깨어난 곳은 수서였다. 내릴 곳을 한참 지나온 것은 그렇다 치고, 이미 출근 시간을 놓치고 만 것에 스스로에게 화가 났다. 그러나 어찌하겠는가? 다시 건너편 승강장에서 반대 차선을 타고 돌아올 수밖에.

그러나 또 설핏 잠이 든 내가 깨어난 곳은 옥수였다. 다시 내릴 역을 지나버린 것이다. 나는 허겁지겁 누가 보기에도 우스꽝스럽게 내리고 나서 다시 나에게 화가 났다. 도대체 이게 무슨 꼴이란 말인가. 그러나 아무리 출근 시간을 훌쩍 넘겼다고는 해도 출근은 해야 했다. 다시 나는 반대편 승강장에서 전철을 기다렸다가 탔다. 이번에는 기필코 졸지 말아야지. 옥수에서 고속터미널 역까지는 서너 정거장에 불과하지 않은가? 나는 굳게 다짐했다. 그러나 전철이 한강을 건너자 나는 한강의 풍경에 넋을 잃어버렸다. 방금 전의 다짐도 잊고, 출근 시간도 잊어버렸다. 그리고 또다시 밀려오는 달콤한 잠. 나는 다시 교대역에서 눈을 뜬 나를 발견했다.

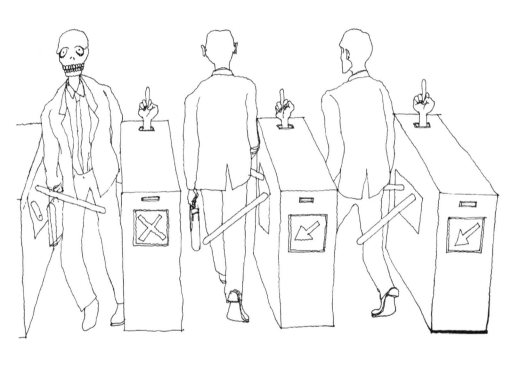

모독

이번에는 화도 나지 않았다. 나는 지쳐버렸다. 나는 내릴 곳에서 내리는 법을 잊어버린 것인가? 다시 반대편 승강장에서 전철을 타고 허탈하게 앉아서, 그러나 눈을 부릅뜨고 졸지 않았다. 그런 각오가 효과가 있었는지 안내 방송은 다음이 고속터미널 역이라고 알렸다. 나는 왜 늦었냐는 상사의 질문에 뭐라고 대답해야 하나 생각했다. 그러고는 잤다. 눈을 떠보니 을지로3가역이었다. 나는 그냥 그 전철을 타고 집에 와버렸다.

뭐 잘한 것도 없이 뜻하지 않은 시간에 집에 들어온 나를 보고 놀란 아내에게 나는 어쩌다 이렇게 된 것인지 푸념 아닌 푸념을 해댔다. 이미 그런 나에 대해서 잘 알고 있었던 아내는 이야기를 다 듣고 아이디어를 하나 냈다. 그다음 날 출근 시간에 나는 아내에게 목에 걸 수 있는 표찰을 하나 받았다. 거기에는 이렇게 쓰여 있었다.

"이 사람을 고속터미널 역에서 깨워주세요."

지금 나는 건축을 하고 시를 쓰는 일을 하고 있지만 초등학교 때부터 고등학교 때까지 줄곧 그림을 그렸다. 그러나 나는 대학 진학을 앞두고 건축으로 진로를 급선회했다. 그 결정은 너무 갑작스러워서 아무도 내 결정을 번복하려고 나서는 사람이 없을 정도였다. 그것은 아주 단순한 사건에서 출발했다. 어느 날 나는 실수로 석고상에 작은 구멍을 하나 내고 말았다. 큰일이었지만, 나는 어쩔 수 없이 그냥 구멍 난 석고상을 그릴 수밖에 없었다. 하도 많이 그려봐서 석고상은 눈 감고도 그릴 정도로 익숙한 대상이었다. 나는 아무 생각 없이 기왕에 뚫린 구멍도 그렸다. 그때 내 뒤에서 불쑥 목소리가 들려왔다.

그럴 수 있음

"자세히 들여다봐라. 저 구멍 안에도 미세하게 명암은 나뉘어져 있어."

평소에 늘 과묵하던 선배였다. 그때부터 구멍에 대한 나의 탐구는 시작되었다. 나는 오로지 그 구멍을 그리기 위해 석고상을 그렸다. 구멍을 자세히 보면 볼수록 거기에는 내가 인식하지 못했던 어둠의 어둠들이 켜켜이 존재했다. 그리고 그렇게 그 어둠에 대한 탐구가 끝나갈 무렵 이상하게 나는 더 이상 그림을 그릴 수 없었다.

손끝에서 아무 생각 없이 자동적으로 나오던 선들이 더 이상 그어지지 않았다. 나는 당황스러웠다. 혹시 누구에게라도 들킬까 봐 나는 아무도 없는 밤에 홀로 학교의 담을 넘어 미술실 문을 따고 이젤 앞에 앉아서 다시 그림을 그려보았다. 결과는 역시 마찬가지였다. 나는 깊이 절망할 수밖에 없었다. 어떻게 이런 일이 가능하단 말인가?

진학 제도에 대해 무지하여 그림을 그리면서 이과 공부를 한 탓도 있었지만, 나는 고심 끝에 미대 진학을 포기했다. 그러나 그 구멍은 내가 시를 쓰게 된 가장 원초적인 시발점이 되어주었다. 나는 그 구멍 때문에 그림을 포기하게 된 것이 아니라 다른 표현의 도구 하나를 더 얻게 된 셈이다. 결국 아주 어릴 때부터 내 삶의 일부처럼 여기던 그림을 버리게 되었지만, 인생에서 낭비하는 시간이란 없다. 낭비든 아니든 지금의 나를 만든 건 바로 그 시간들이니까.

나는 4층짜리 연립주택에서 산다. 요즘은 우리도 미국식 청교도들의 엄숙주의에 감염받아 끽연이 자유롭지 못해지자 나도 별수 없이 바깥에서 담배를 피우곤 한다. 내가 담배를 피우는 연립주택 단지의 정원에는 살구나무와 자두나무, 복숭아나무, 대추나무 같은 유실수들이 가득 들어차 있고, 단풍나무, 느티나무, 목련 같은 교목들이 빼곡해 한여름의 녹음처럼 풍성한 기운을 자랑하고 있다.

나는 일산에 살고 있다. 지금은 나무들이 무성하여 곳곳이 그늘이지만, 내가 이곳으로 이사 온 십수 년 전만 해도 일산은 허허벌판이었다. 도로는 덩그렇게 넓기만 했고, 가로수들은 앙상했다. 여기저기 살풍경한 빈 땅 위에는 흙무더기만 나뒹굴고, 상업 지구의 높은 건물들은 사회주의 국가의 계획도시처럼 활기가 없어 보였다. 그것은 고급 주택단지들도 마찬가지였다. 튜더왕조풍의 집들도, 모던한 스타일의 집들도 서로 어울리지 못한 채 멀뚱멀뚱했다. 그러나 지금 그 멀뚱한 풍경들은 온데간데없어지고 말았다. 십수 년의 세월이 흐르면서 그 멀뚱과 멀뚱한 풍경의 사이에 나무들이 굵어지기 시작했기 때문이다. 가로수로 심어놓았던 회화나무들과 느티나무들이 무성해지며 도로에 짙은 그늘을 던져주고, 삭막했던 아파트 단지에는 온갖 나무들이 그야말로 제자리를 잡기 시작하면서 도시의 풍경이 되어주고 있다.

나무는 건축을 이루는 최고의 장식이다. 아무리 많은 돈을 들여 최고급의 소재로 집을 짓는다 해도 나무가 없으면 그 집은 기계의 부품처럼 그저 하나의 구조물에 불과하다. 집에는 나무가 자라야 한다. 막대한 돈을 들여 지은 집 한 채가 나무 한 그루만 못 하다. 나무는 곧 세월이고 집도 그렇다.

얼마 전만 해도 나는 아는 나무가 별로 없었다. 그러다가 몇 해 전부터 조선집에 대한 글을 어느 잡지에 연재할 일이 있어 전국을 다니면서 자연스럽게 나무의 이름과 친해지기 시작했다. 조선집에는 꼭 나무가 있었고 그 나무 하나하나는 모두 나름대로의 의미를 갖고 있었다.

가령 배롱나무는 공부하는 선비의 뜰에 가장 흔하게 심는 나무

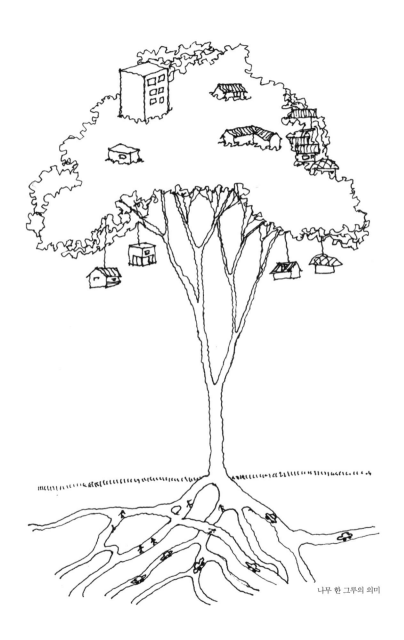

나무 한 그루의 의미

였다. 나무에 껍질이 없어 솔직하고 분명한 기상이 마땅히 선비의 기질이란 저 뜰에 심어진 배롱나무처럼 꾸밈이 없어야 한다는 뜻이 저절로 상기되었다. 회화나무도 주로 뜰 안에는 아니지만 사대부의 집 주변에 널리 심었던 나무였다. 얼핏 보면 아카시아 나무와 비슷하게 생겼지만 느티나무처럼 가지가 얌전하게 뻗어 있고, 이파리 부분이 가지런히 살짝 아래로 휘어 있어 우아한 자태를 자랑한다. 신기하게도 나무의 이름을 알고 나자 정원의 의도가 한눈에 들어왔다. 인간은 언어로 사고하는 동물인가 보다. 나무의 이름을 몰랐을 때는 조선의 정원이 그저 그런 숲에 지나지 않았다. 나무가 많구나, 꽃이 흐드러지네, 라는 단순하고 피상적인 느낌이 전부였는데 내가 나무의 이름을 하나씩 알아가자 그 숲에는 이야기가 생겨버렸다. 정말이지 내가 그 나무의 이름을 알기 전에는 그 나무는 김춘수의 표현대로 '하나의 몸짓'에 불과했다.

그러나 내가 그 나무의 이름을 알자 그 나무는 나에게 하나의 의미로 와 닿게 되었다. 다산초당을 오르는 길에 빽빽이 서 있던 편백나무들, 녹우당 뒷산에서 들었던 비자나무 숲의 울림, 산천재에서 보았던 배롱나무의 기품, 유난히 성리학자들이 좋아하는 나무가 많이 심어진 개심사. 개심사에는 모과나무와 배롱나무가 연못가에 심어져 있다. 나는 분명, 개심사가 이 지역의 유림들과 관계있는 절이란 걸 이 나무들을 통해 추정해볼 수 있었다. 아직 확실한 것은 알 수 없지만 껍질이 없는 나무로 식재된 절은 흔치 않다. 개심사 연못에는 이 배롱나무와 모과나무가 은은하게 드리워져 있어 또 다른 세계로 보는 이들을 인도한다. 거기가 불가에서 말하는 서방정토인지, 아니면 성리학에서 얘기하는 도의 세계인지 무슨 상관이 있겠는가?

그리고 이 모든 것들은 나무의 이름을 알고 난 이후에 일어난다. 나무 한 그루는 시간을 뛰어넘어 나에게 그 나무를 심은 이의 마음을 알려준다. 책에서 고인(故人)의 뜻과 만난다는 말도 있지만, 나무 한 그루를 보면서도 고인과 만날 수 있다. 더군다나 그 그늘에 들어갈 수 있으니 나무는 천지 사방이 트인 끝없는 도서관이라는 생각을 해본다.

초등학교 5학년 때 우리는 모두
심심한 놈들이었다. 눈에 보이는
모든 것들을 뒤틀고, 잡아 빼고,
엉클어놓아야 직성이 풀리는 사
고뭉치들이었다. 그리고 그날은
그런 말썽꾸러기들에게는 참기
힘든, 그러나 여지없이 어떤 주

기를 가지고 찾아오는, 그냥 견뎌야 하는, 어떤 고요한 날이었다.
이상하게도 우리는 그런 날을, 그런 날이라는 것을 알고 있었고,
그런 날에는 체념할 수밖에 없다는 것도 알고 있었다.

　뜨거운 햇빛 속에서 창밖으로 보이는 운동장은 하얗게 사라져
가고 있었고, 텅 빈 시공간에서 수업이 진행되고 있었다. 국어 시
간이었다. 「세상에서 제일 무서운 것들」 그날 우리가 읽어야 할 글

기억의 빼닫이틀

의 제목이었다. 지금도 생생히 기억하고 있다.

무더운 여름날 아이들이 놀이에 지쳐 동구 밖의 느티나무 밑에 앉았다. 무료한 시간을 메우기 위해 아이들은 저마다 세상에서 제일 무서운 것이 무엇인지에 대해 의견을 내놓는다. 어떤 아이는 '귀신'이 세상에서 제일 무서운 것이라 했고, 어떤 아이는 '호랑이'가 제일 무섭다 했다. 그런가 하면 엉뚱하게도 호랑이보다 더 무서운 것은 '곶감'이라고 주장하는 아이도 있었다. 그렇게 세상에서 제일 무서운 것들에 대한 아이들의 열기가 한참을 지나 결론을 내지 못하고 잦아들 무렵, 느티나무의 반대편에서 쉬고 있던 초라한 행색의 노인이 천천히 아이들 쪽으로 몸을 돌려 말했다.

"얘들아, 세상에서 제일 무서운 것은 그런 것들이 아니란다."

그러자 아이들이 이구동성으로 묻는다.

"그럼 뭐예요?"

"세상에서 제일 무서운 것은 망각이란다."

글은 노인의 대답으로 끝났고, 나는 한동안 멍하게 흰 종이와 까만 활자를 바라보고 있었다. 귀신도 아니고, 호랑이도 아닌 망각이라니. 이 세상의 것이 아닌 존재도 아니고, 누가 물어뜯는 것도 아닌, 그냥 잊고, 잊히는 것이 세상에서 제일 무서운 것이라니. 갑자기 나를 둘러싸고 있던 울타리가 와장창 무너지며 내 생각이 무한대로 확장하고 있었다. 나는 그 경험으로 모든 예술을 본다. 인간 인식의 지평을 확장시키지 못하는 것은 예술이 아니다. 대상에 대한 인식을 통해 대상을 넘어서는 것. 지은이가 누군지도 모르는 글이 내게 준 충격이었다.

빛은 야훼의 말씀으로 나타났다. "빛이 있으라" 하신 것이다. 그와 동시에 야훼가 말씀하시지도 않았는데 태어난 것이 있다. 그림자다. 빛이 있으라 하시매 그림자도 덩달아 생겨난 것이다. 빛은 가볍고 밝으며 움직이고 만물을 자라게 한다. 그림자는 어둡고 깊으며 쉬게 하고 감춘다. 빛은 신이 만들었지만 그림자는 빛이 만들었다. 빛은 자신의 본질과 대립하는 어떤 것이 필요했나 보다. 그리고 우리는 그림자와 그늘을 말한다. 우리 언어의 관습대로라면 그림자는 항상 빛과 같이 언급되지만 그늘은 그렇지 않다. 그늘은 빛이 없어도 우리 언어 관습에 홀로 존재한다.

그늘은 오히려 다른 사물들과 연관된다. '나무 그늘'로, '차양의 그늘'로, '꽃그늘'로, '그 사람의 그늘'로, 꼭 빛이 원인이 아니다. 그렇지만 그림자는 거의 빛을 원인으로 한다. 그늘은 편안하다. 우리가 나무 그늘에 앉아 쉴 때, 그늘은 나무도 아니고, 빛의 결과물도 아니다. 거기서는 한낮의 뜨거운 공기도 식고, 바쁘게 일하던 일손들도 쉰다. 느티나무 아래 깔아둔 평상에 앉은 사람들은 그런 기억이 있든 없든 고향에 온 것처럼 편안해진다(그러고 보니 한국인이 아닌 사람들은 어떤 상징이 있을까 궁금해진다). 나는 이런 시를 썼다.

옛 그늘

옛 그늘에 들렀다
꽃은 예전에 지고 잎은 떨어져
그늘은 비어 있었다
칼부림으로 가지의 그늘들이 얼굴을 난자하고
빛은 눈부셨으나 — 나는 성냥을 그어 죽은 나무를 태웠다
상한 가지들은 괴로워하며 발화를 꿈꾸고
새들은 날아가지 않았고
나무 위의 사람도 도망가지 않았다
다른 나무들이 손을 뻗어 옛 그늘을 훔쳤다

그건 죽음의 옷이야, 나는 수화로 얘기했다

누군가 그 밝음을 엿듣고 강을 건너갔다

풍경은 감로탱화처럼 혼재되고

시절을 묻지 않게 되었다

무엇이 누구에게, 누가 무엇에게

옛 그늘에서 나무를 붙잡고 운다

그때, 우리는 진정 불처럼 일어서고

불속의 바다처럼 고요히 숙고할 줄 알았다

우리는 신의 운명을 바꿔놓을 것이다

화르르르

뜨거운 불덩이가 길을 건너간다

나는 해일이 깎아놓은 절벽 위에 서 있었다

곧 무너지리라

불의 그늘도

이, 한 시절도

그늘은 추억이기도 하다가 깊은 어둠이기도 하다. 동양에서는
깊은 것들은 모두 어둡다. 현(玄)은 땅의 색이면서 사유의 깊은 지

그림자 풀

경을 나타내기도 한다. '현빈(玄牝)'이며 '현묘(玄妙)'이다. 그러니 아마 아름다울 것이다. 아름다움에는 우울과 신비가 섞여 있다. 깊은 것이다. 그래서 진정한 아름다움은 어둡다.

빛에 의해서 생기는 것이 그림자가 아니라면 어떨까? 그것이 꽃이라면? 그것이 풀이라면? 해가 황도를 지나가면서 그 풀도, 꽃도 옮겨 피어날 것이다. 아름다울까? 슬플까?

인간은 꿈꿀 때만이
영원하다

바빌론 신화에서 자신을 죽이기 위해 신들이 만든 엔키두가 오히려 신들의 저주를 받아 죽는 모습을 본 길가메시는 영원히 죽지 않는 약초를 구하기 위해서 방랑의 길을 떠난다. 천신만고 끝에 죽음을 이긴 자인 우트나피슈팀이 산다는 마시 산에 도착한 길가메시는 숲의 요정 사두리에게 우트나피슈팀의 거처를 물었고, 사두리는 죽음의 공포에 휩싸인 길가메시에게 이렇게 타이르며 집에 돌아갈 것을 권한다.

신들이 사람을 만들 때부터 사람은 죽음을 타고났다.
영생은 신만이 갖는 것이다.

길가메시야 너는 배불리 먹고 밤낮으로 즐겁게 살아라.

날마다 잔치를 차리고 밤낮으로 즐겁게 살아라.

결국 길가메시는 죽음의 강을 건너 우트나피슈팀을 만나 6일 낮 7일 밤을 잠자지 않을 수 있다면 죽음을 이길 수 있다는 복음을 듣는다. 그러나 오랜 여행에 지친 길가메시는 금방 잠들었고, 그 후 어찌어찌하여 영생의 풀을 얻은 그는 또 뱀에게 불사초마저 빼앗기고 만다. 이 신화는 죽음의 공포를 극복하려는 인간의 노력이 얼마나 허망한 것인가를 말해주고 있다. 그러나 어쩌면 저 숲의 요정 사두리의 노래처럼 인간은 영원할 수 없지만 영원에 대한 꿈만은 영원할 수 있다.

그렇듯 영화는 모든 불가능한 것들에 대한 꿈이라고 생각한다. 길가메시는 친구 엔키두가 죽자 죽음에 대한 공포를 알았고, 그 공포를 극복하기 위해 영원을 찾아 헤매는 긴 여정에 오른다. 그리고 영원이라는 것이 가능하지 않다는 것을 깨달았을 때 그는 죽는다. 그것은 육체의 죽음이기도 하지만 동시에 꿈의 소멸이기도 하다.

인간은 꿈꿀 때만이 영원하다. 신은 우리의 꿈이고, 우리는 신의 꿈이다. 그래서 영화는 현대의(혹은 현대를 위한) 신화라는 말이 가능해진다. 그렇다면 영화 비평은 다시 영화에 대한 꿈인가? 생각해보면 영화 비평가는 영화 속을 헤매는 여행자이다. 그는 영원을 찾아 방랑하는 길가메시이다. 길가메시의 후회와 반성, 그리고 좌절과 희망처럼, 같은 영화를 세 번, 네 번, 반복해서 읽어나가는 비평가의 작업은 얼마나 지루한 것인가? 그 역시 길가메시처럼 언제나 불사초를 연못가에 놓아두고는 뱀에게 빼앗기고 만다. 뱀은 뻔한 비평 혹은 순수하게 자신과 다른 견해를 갖고 있는 다른 비평가이거나, 아니면 관객일 수도 있다.

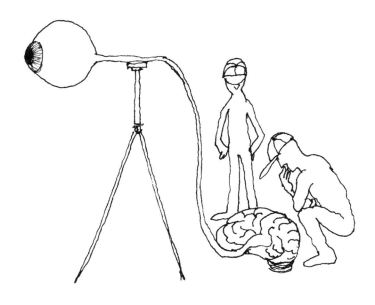

카메라

바룬다 새

인도의 민담에 보면 '바룬다'라는 새의 이야기가 나온다. 몸은 하나인데 머리는 둘인 이 새가 어느 날 길을 가다가 독이 발린 채 버려진, 떡 하나를 발견하게 된다. 그러나 떡의 색깔로 독이 발려 있다는 걸 알고 있는 새의 한쪽 머리는, 평소 눈엣가시 같던 새의 다른 쪽 머리를 죽여버리기 위해 이 떡을 먹으라고 권한다. 떡을 먹고 둘 다 고통스럽게 죽어가는, 바룬다 새의 이야기는 모든 만물의 이치인 상생과 공생의 조화라는 교훈을 우리에게 들려준다.

악어와 악어새의 관계는 공생하면서 상생하는 자연의 법칙을 보여준다. 그러나 비단 악어와 악어새의 관계가 아니더라도 언뜻

보면 아무런 상관없는 것들끼리도 서로 상생 관계에 놓여 있다는 것은 신비하다. 말하자면 '나비효과' 같은 것이다. 베이징의 나비가 날갯짓을 하면 샌프란시스코의 해안에서는 폭풍이 인다고 하지 않던가?

지구 자체가 하나의 살아 있는 유기체라는 '가이아' 가설은 딱히, 과학의 세계에서만 적용되는 논리가 아니다. 인간 사회에도 정확히 들어맞는, 사람과 사람 사이의 관계를 나타내는 이론이다.

가족이라는 단위에서부터, 정치적 경제적 이해관계에까지 우리 모두 서로가 서로의 이유가 된다는 것은 정말 기분 좋은 일이면서도 그만큼 우리를 조심스럽게 만든다. 노사 관계도 그런 것이 아닐까?

내가 대학을 졸업하던 1985년의 국내의 경제 상황은 중동 특수가 끝난 지도 여러 해가 지났고, 그 여진마저도 이미 사라진 즈음이었다. 당시 민주화 열기와 함께 여러 직종에서 노동조합을 결성하기 시작하던 때였는데 공무원 노조도 그때 한창 만들어지고 있었다. 그 무렵 어느 날, 졸업하고 몇 달간 백수 생활을 하고 있던 나에게 의외로 학교에서 연락이 왔다. 모 재벌 기업의 면접을 보라는 것이었다. 당시 그 재벌 기업은 노조 문제로 연일 신문의 사회 면을 장식하고 있었는데, 회사의 입장은 '노조는 절대 안 된다'는 것이었다. 어쨌든, 학교 추천도 있고 하니 취직은 따 놓은 당상이나 마찬가지였다. 동기생 몇이서 같이 면접을 보러 갔고, 거기서 나는 아주 뜻하지 않은 질문을 받았다.

"회사에서 피고용자에 대한 모든 배려를 알아서 해준다고 가정할 때도 노조는 필요하다고 생각합니까?"

상황이 상황이니 만큼 노조에 대한 질문을 예상하지 않았던 것은 아니지만, 이런 식으로 엉뚱한 가정을 깔고 질문하리라고는 예상하지 못했다.

"그건 불가능한 가정입니다."

같이 면접을 봤던 우리들 중에서 아무도 그 회사에 취직이 된 사람은 없었다. 추천해주신 교수님은 노발대발하셨지만 노조는 회사와 마찬가지로 역할의 문제이지 필요가 있느냐, 없느냐의 문제가 아니라는 내 생각은 분명했다. 즉, 악어새의 역할과 악어의 역할이 다르면서도 구분되어 있듯이, 노조의 필요성은 이미 관계의 문제에서 시작되었다고 봐야 하는 것이다. 그것이 악어새가 아닌 다른 새라도 좋고, 악어가 아닌 하마라고 해도 상관없지 않겠는가? 노조를 부정하는 것은, '너의 존재는 필요 없다'는 논리와 똑같다. 그리고 결국 상대방에 대한 부정은 바룬다 새의 오류처럼 자기 자신에 대한 부정으로 연결되고 만다. 성숙한 자본주의는 상대방에 대한 부정과 경쟁의 승패로 이루어지는 것이 아니라, 상대의 역할에 대한 정교한 분석과 경쟁의 효과에 의해 이루어진다.

그 후, 시간이 흐르면서 우리 사회의 모습도 성숙해갔고, 어느 누구도 노조의 당위성에 대해 나에게 그런 식으로 질문하지 않았다.

자살 타살

나는 말레이시아에 있는 건축 사무실에서 일에 전념하던 도중 IMF를 맞았다. 아시아 경제의 연이은 파산 신고로 우리의 프로젝트도 취소되어 버렸고, 서둘러 한국으로 돌아와야 했다. 한국은 한국 나름대로 엄청난 경제적 위기가 감돌았다. 모든 기업들이 '구조조정'이라는 낯선 용어를 두고 다시 노사가 대립하고 있었다.

실직자 수가 선진국형으로 불어났고, 주위의 아는 인물들도 하나둘씩 도산했거나, 도산의 위기에 처해 있었다. 주변이 망해버리니까 어디서 돈 빌릴 데도 없다고 하나같이 이야기했다. 그리고 나도 회사로부터 해고 통지를 받았다.

하루아침에 해고 통지를 받은 나를 비롯한 해고자들 모두는 황당함을 감출 수 없었다. 불과 몇 개월 전까지만 하더라도 IMF 상황에서도 경력 사원을 뽑았던 회사가 아닌가? 그러나 해고자들 대책 회의에서 결정된 입장은, 그럴 수밖에 없는 회사의 입장을 충분히 이해한다는 것이었다. 그러나 해고 절차에 따른 문제를 회사 측에 따지지 않을 수는 없었다. 결국 고용주의 사과를 받아내긴 했지만 어쨌든 해고는 피고용자의 입장을 무시한 고용주의 개인적 독단이 아닐 수 없었다. 회사가 어려운 상황에서 노사의 입장이 다를 수는 있겠지만 같이 책임지고 같이 해결한다는 생각이 있으면 대화를 할 수 없는 까닭이 무엇이겠는가? 내 회사, 내 마음대로 한다는 식의 전근대적인 사고방식이 아직까지도 우리 사회에 통용되고 있기 때문이다. 물론 대화로 해결하는 것은 쉽지도 간단하지도 않다. 그러나 손쉽게 해결하기 위해 편법을 쓴다면 그는 이미 경영인이 아닌 장사꾼에 지나지 않을 것이다.

기업은 마땅히 이윤을 창출해내야 한다. 그러나 관계의 정당성을 바탕으로 해야 한다. 나와 타인의 관계와 그 역할에 대해서 숙고해야 한다. 이제는 해고의 방식도 절차가 중요하다. IMF 당시 실직자 사태를 바라보면서 나는 우리 사회에도 절차라는 문제를 생각할 때가 왔구나 하는 생각이 들었다. 절차를 중요시한다는 것은 어느 누구의 소유가 아닌 사회 전체의 소유인 기업에 대한 사고가 필요하다는 뜻으로, 이것은 기업이 경영자나 창업주의 것이 아니라는 말과 같다. 기업이 한 사회 속에 자리하면서부터 이미 그것은 사회의 것, 사회 구성원 공동의 것이다.

그런 의미에서 경영은 가장 치밀한 예술이다. 문학이나 미술은 한 사회를 바라보는 개인의 시각과, 그것을 구현해내는 테크닉으로 가능하지만, 경영은 더 치밀하게 사회와 조직의 관계를 조화해내야 하기 때문이다. 그래서 노사 관계가 현대 경영에서는 더없이 중요해지는 게 아닐까? 왜냐하면 경영이라는 것이 일정 부분 결정권자의 주도로 기획되고 결정되어지지만 그 과정에서 치밀하고 세세하게 진행하는 주체는 피고용자이기 때문이다.

'노동자는 생산 담당자이면서 소비자이다'라는 말은 이제 더 이상 노동자의 딜레마가 아니다. 바로 그것 때문에 노동자의 의견은 곧 소비자의 요구일 수 있기 때문이다. 그런 이유에서 역으로 '소비자는 왕이다'는 말은 '노동자는 왕이다'는 말과 같아진다. 경영이 가장 치밀한 예술이라는 말은 바로 이 관계를 새롭게 만들어내는 기업의 역할이 매우 중요하기 때문이다. 기업의 목적이 단순히 돈뿐이라면, 노동자의 목적이 단순히 일한 만큼 받는 급료에 있다면, 우리가 왜 일에 홀려서, 빠져서, 죽을 둥 살 둥하고 있겠는가? 거기에는 돈으로 환산할 수 없는 성취감과 희열이 있기 때문이다. 그리고 그것은 모든 순수예술에서 느낄 수 있는 희열, 성취와 다르지 않다.

우리가 노사 관계에 주목하는 것은 바로 이런 치밀한 관계를 분석하기 위한 첫 단추이기 때문이다. 흔히 말하듯이 노사가 한 몸이라는 것은 노사 관계가 잘돼야 회사가 잘 굴러간다는 식이 아니라, 회사의 구성원이기 이전에 더 큰 사회의 구성원으로서의 한 몸이라는 걸 인식하자는 말이다. 노든 사든 서로의 이익을 기준으로 생각하면 갈등은 해결되지 않는다. 마르크시즘이 보여주듯이 이윤 추구만 생각하면 노사의 입장은 언제나 끝없는 평행선을 그리며 만날 수 없다. 그러나 한 사회 전체의 구성원이라는 개념에서 생각해보면 노와 사의 입장은 반드시 만나는 지점이 있다.

무엇보다도 이제 기업은 전체 사회와의 관계 안에서 뭔가(그것이 이윤이든, 아니면 다른 무엇이든 간에)를 창조한다고 생각해야 하지 않을까? 그것이 맛있는 떡을 같이 나눠 먹는 방식일 것이다.

미래 사회는 어떤 모습일까?
〈007〉 시리즈와 〈배트맨〉 시리즈
는 이 물음에 각각 다른 답을 내
놓는다. 〈007〉 시리즈가 즉물적
이고 유려한 선형적인 형태와 은
색 톤을 주조로, 기계미학에 바탕

을 둔 모더니즘 건축의 순백을 유쾌함으로 표현하고 있다면, 〈배
트맨〉 시리즈는 시카고창으로 대표되는 고층 빌딩 군과 그 그늘로
펼쳐지는 포스트모던 클래시시즘 건축의 우울을 보여준다.

　〈007〉 시리즈에서는 모두가, 모든 것이, 유쾌하다. 건물의 창도
유쾌하고, 소파도 유쾌하며, 가장 은밀해야 할 첩보부의 사무실도
창은 없지만, 전체가 알루미늄이나 제물치장 콘크리트의 순수함

배트맨

으로 빛난다. 가장 음침해야 할 악당까지도 순진한 유쾌함을 보여주고, 심지어 그는 모더니즘 건축의 결벽증을 성격적으로 대변하고 있다. 이 유쾌함을, 이 순결함을 오염시키는 존재가 바로 제임스 본드다(그래서 나는 악당 편이 된다). 〈007〉 시리즈에서 건축은, 모더니즘의 영원불멸을 구가한다.

반면에 〈배트맨〉 시리즈의 모든 인물들은 우울하다. 건물도 우울하고, 영웅도 우울하며, 영웅의 여자도 우울하다. 무미건조하게 반복되고 있는 빌딩들의 연속창들, 성주와 집사의 중세적 구도, 두터운 외투에 목을 움츠린 시민들, 소돔과 고모라를 연상시키는 이 고딕의 무덤 같은 거리는 그대로 모더니즘 건축의 무덤으로 가는 이정표가 되고 있다. 거기에서 유일하게 우울을 표현하지 않는 자는 악당뿐이다.

고담 시는 악이 횡행하고 있어서 우울한 것이 아니라 악이 없어서 우울하다. 이 우울을 깨는 유일한 자가 바로 악당이다(그래서 나는 악당 편이 될 수밖에 없다). 〈007〉 시리즈가 인간의 원죄를 외면한다면 〈배트맨〉 시리즈는 인간의 원죄를 직시한다. 거기에서 모더니즘 건축의 이상과 모더니즘 건축의 분열(포스트모던 클래시시즘 건축)이 자리한다. 그렇다면 현실에서 현대 건축은 어디로 가고 있을까? 건축 디자인의 도구가 디지털화하면서 자하 하디드(동대문운동장 재건축), 프랭크 게리(빌바오 구겐하임 미술관), 헤르조그와 드메롱(나오차오)이 보여주듯이 〈007〉 시리즈의 공간이 대세이다. 멀리 볼 것도 없이 지금 우리도 제임스 본드처럼 휴대폰, 노트북, 아이패드 등의 수많은 가제트로 미래에 다가서고 있지 않은가?

세월은 빠르게 변해갔다. 누군가에 의하면 20세기의 인간은 이제까지 인류가 겪어온 모든 변화를 합친 것보다 더 급격한 변화를 맞이하고 있다고 한다. 과연 그렇다. 나를 돌이켜봐도 전의 내가 지금의 나를 상상할 수 없었

을 것이다. 여기 초등학교 3학년의 내가 있다. 나는 만화 가게에서 아이들과 그리고 어른들과 함께 〈여로〉를 보고 있다. 어찌어찌하다 헤어진 부부인 장욱제와 태연실이 시장통에서 만나는 장면이다. 흑백텔레비전이다. 집에는 전기밥솥이라는 이상한 물건이 들어온다. 밥솥이라는데 부엌에 있지 않고 안방에 있다. 그리고 냉장고가 들어온다. 역시 부엌에 있지 않고 안방에 모셔진다. 그전에

전화기가 이미 안방을 차지하고 있었다.

그래도 생각해보면 여기까지는 그리 정신없는 변화는 아니었다. 이윽고 컬러텔레비전 시대가 도래하고, 프로야구가 출범하면서 좀 어리둥절해졌다. 그러던 것이 컴퓨터가 등장하고, 이어서 휴대폰이 나오고, 모든 시스템이 전산화되었다. 모든 것이 빨라지고, 빠르지 않으면 문명이 아니었다. 지하철도 마찬가지이다. 더욱이 나이가 들면 생체 시계가 느려진다고 한다. 그래서 시간이 더 빨리 가는 것처럼 느낀다고 한다.

지하철은 영국에서 처음 계획되었는데, 초기 설계자들은 땅속으로 다니는 지하철에서 사람들이 무얼 볼게 있으랴 싶어 창문을 만들지 않았다고 한다. 그러나 아무것도 볼 게 없는 땅속을 다니면서도 사람들은 뭔가를 보고 싶어 했고, 창이 없는 지하철을 답답해했다. 그래서 아무것도 볼 게 없는 지하를 보기 위해 지하철에 창을 뚫었다. 인간은 항상 풍경이 아니라 풍경 너머를 본다.

어쩌면 사람들은 창을 통해 창 너머의 풍경을 보는 게 아니라 자신을 보는 건지도 모른다. 그렇듯이 지하철에는 우리 내면의 우울한 풍경들이 펼쳐진다. 책을 펼치고, 요즘은 다들 스마트폰에 몰두한다. 우리는 지상에 있을 때보다 지하철을 탔을 때 더 강력하게 다른 무엇과 연결되고 싶은 욕구를 느낀다. 그 대상이 무엇이든 연결의 욕구가 창을 만든다. 그 창은 책이 될 수도 있고, 휴대폰이 될 수도 있고, 아무것도 볼 게 없는 창 자체가 될 수도 있다. 언젠가

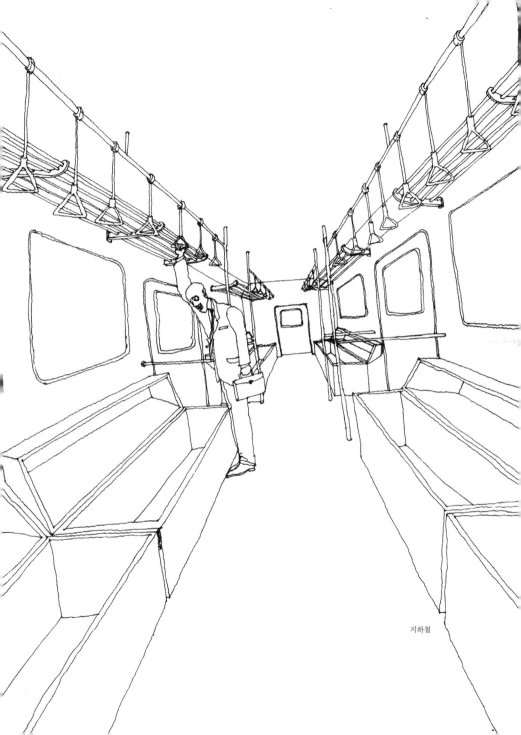

지하철

아무도 없는 지하철 칸에 들어선 적이 있다. 파란색 천으로 씌워진 의자가 마치 긴 관 같았다. 거기에 누우면 그대로 지옥의 어느 불길로 갈 것만 같은. 나는 왜 푸른색을 보면서 붉은 불길을 떠올렸는지 모르겠다.

하루에 지친 몸을 이끌고 도시인들은 집에 가기 전에 먼저 지하철 의자에 쓰러지듯 앉는다. 그리고 거기서 죽음 같은 긴 꿈을 꾼다. 도시에서 산다는 것은 우리에게 많은 편리함을 주지만 동시에 무엇인가에게 모독당한다는 느낌을 지울 수 없다. 우리가 만든 것에 스스로 모독당하는 행위가 도시에서는 자연스럽다.

아마존의 야노마미 족은 죽은 사람을 화장한 뒤 그 재를 죽에 섞어 친척끼리 나눠 먹었다. 앙증맞고 귀여운 아이를 보면서 하는 말 중에 "꽉 깨물어주고 싶다"는 표현이 있다. 보기에 사랑스럽고 애틋하여 어쩔 줄 모르는 상태를 나타내는 말이다. 안아주기도 부족하고 살을 부비는 것도 모자랄 때 우리는 대상을 먹고 싶은 강한 충동에 휩싸인다.

이것은 식욕과는 다르다. 허기를 채우고 싶은 게 아니라 대상을 자기 안에 저장하고 싶은 것이다. 사랑하는 너를 내 안에다 저장해서 나의 일부로 포함하고 싶은 것이다.

실제로 어느 부족 공동체는 현자가 죽으면 마을 사람들이 모두 모여 시체를 나눠 먹는 풍습이 있다고 한다. 그의 현명함이 마을 공동체 각자에게 계속 남아 있기를 바라는 일종의 의식이었던 셈이다. 파푸아뉴기니 포레 족의 경우 식인은 일종의 장례 문화였다. 사람이 죽으면 모계 친족 여성들이 뇌를 포함한 시신을 다듬어 함께 나눠 먹었다. 죽은 사람이 산 사람의 일부가 돼 옆에서 계속 살게 된다고 믿었기 때문이다.

이런 식인 풍습은 전 세계에 널리 퍼져 있었던 것으로 보인다. 아프리카 남단 클라지즈 강 유역의 동굴에서 발견된 현생 인류의 골격 파편들이 인위적으로 잘려 있는 것이나, 베이징 원인(原人)의 두개골 하단부가 크게 손상을 입은 것은 분명 식인 풍습이 있었다는 증거다.

이렇게 식인 풍습이 있는 곳에서는 '쿠루'라는 병이 생긴다. 근육과 신경이 마비되어 죽는 이 병은 소가 걸리는 '광우병'이나 사람이 걸리는 '크로이츠펠트 야코프(CJD) 병'처럼 뇌가 광범위하게 파괴돼 스펀지처럼 구멍이 뚫리는 신경 질환이다. 아마도 같은 종을 먹는 풍습 때문에 생긴 병이 아닐까 한다. 그러나 이들의 식인 풍습은 어디까지나 문화다. 아주 극한적인 상황이 아니면 시체를 식량으로 삼았던 예는 없었다.

엽기적인 사건이 있기는 했다. 1981년 세상을 놀라게 했던 사가와 잇세이(佐川一政) 사건은 분명 식인 충동에 의해 일어났다. 사가와 잇세이는 사건 당시 33살로, 프랑스 문학과 일본 문학의 상호

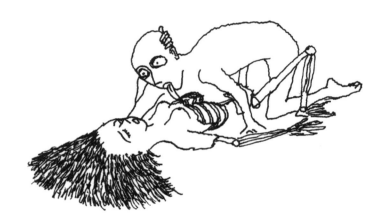

애무

영향에 대한 박사 논문을 쓰기 위해서, 파리의 상시에 대학원에 유학 중이었다.

피해자인 르네 하르테벨트는 같은 대학원에서 공부하는 친구였다. 사가와 잇세이는 르네 하르테벨트를 집으로 불러 권총으로 사살한 후 시체를 냉장고에 보관하며 조금씩 먹어치우다 발각되었다. 체포 당시 그의 집 냉장고에는 르네의 입술, 왼쪽 유방, 넓적다리의 일부, 좌우의 엉덩이 살이 아직 보존되어 있었고, 프라이팬에는 조리가 끝난 고기가 남아 있었다고 한다. 경찰이 "나머지는 어디 있나?" 하고 물었을 때 범인은 담담하게, "먹어버렸소" 하고 대답했다.

어렸을 때부터 극도로 허약하게 태어났고, 의사로부터 얼마 살지 못할 거라는 말을 들은 아버지는 사가와 잇세이가 원하는 것은 다 들어주었다.

사건 당시 이 남자의 키는 150센티미터 정도였고 몸무게는 35킬로그램이 넘지 않았다. 그러나 본인의 말에 의하면 왜소한 신체에 대한 콤플렉스는 없었다고 한다. 체포되었을 때도 손목에 채운 수갑이 쏙 빠질 정도였다. 왜소한 신체에 대한 콤플렉스는 없었는지 모르지만 사가와 잇세이는 자신의 왜소한 신체를 대체할 풍만한 몸을 원했다. 사가와 잇세이는 원시 부족 공동체가 현자의 시체를 나눠 먹는 것처럼 풍만한 몸을 자신의 몸에 저장하고 싶어 한 것이다. 그는 독일어 시 낭독을 녹음하자는 구실을 세워 르네 하르테벨트를 자기 방에 불러들여 죽인 후 시간(屍姦)하고 욕실에 시체를 옮겨 해체했다.

그런 다음 사진 촬영을 했고, 엉덩이, 유방, 대퇴부를 잘라내 프라이팬에 구워 저녁 식사로 먹었다. 사가와 잇세이가 쓴『안개 가운데』에는 '이튿날 아침은 자리에서 일어난 뒤, 욕실에 들어갈 때 주저했다. 욕실 문을 열자 커다란 파리가 날아와서 놀랐다. 르네의 얼굴에도 파리들이 앉아 있는 것을 목격하고 쇼크를 받았다'고 정확히 당시의 상황을 묘사했다. '장딴지 살은 생고기로 먹고, 음부 주변을 프라이팬으로 구워 먹었다. 귀 뒤가 기름으로 끈적끈적했다. 인간의 고기엔 지방이 상당히 많다는 것을 실감했다'고, 인육의 맛에 대해서도 자세히 기술해놓았다.

사랑에는 분명 사랑하는 너를 내 안에다 저장하고 싶은 충동적인 욕구가 있다. 서로 먹고 먹히는 행복한 사랑은 없을까? 나는 이런 시를 쓴 적이 있다.

63

내 안에다 너를 저장한다

거울 속에 저렇듯 추운 겨울이 있다
죽은 고목의 음습한 뿌리처럼
나는 언제나 악몽 속에 있었음을

내 환청의 귓속에 낙산의 물을 길어

그 붉은 꽃 피워다오

입을 열면 꽃의 뿌리가 만발하여

천지 사방 눈이 모자란 꽃의 격랑 속으로

나는 고독 속으로 들어가 먹는다

높은 하늘에서 더 넓은 바다를 보리라고

상상하지 마라

내 항문에 아름답게 핀 꽃

그 꽃이 다 해질 때까지

너의 귀는 늘 나를 향해 피어 있다

먹는 꽃, 피꽃, 살꽃으로

내 목소리에서 떨리는 너의 음성

네 머리를 꽃으로 패주고 싶다

꽃산을 삼키는, 일어서는 남색 바다의 식욕

샛노란 꽃잎 가득

내 사막 같은 입을 막아다오

흉몽중을 부감하는 나의 난시는

꿈속에서도 편두통을 앓았다

(꽃을 헤치면 강이 나오지)

(그 강은 곧 나를 헤엄쳐 올 거야)

내 속에서 열린 너의 입술로 말해다오

내 항문으로 어느 꽃이 들어와 나를 만질 때

나는 걷고 싶네, 불과 물의 그늘 밑을

2부

인간이 자연의 길을 막아설 때
자연은 인간에게 막대한 보복을 행한다.

진정한 하이테크는
언제나 로테크를 지향한다

비가 와도 너무 온다 싶었던 여름이 이제 꼬리를 감추고 있다. 화보로 전해지는 끔찍한 지난여름의 재난이 언제였나 싶다. 자동차가 4층 연립주택의 발코니에 박혀 있던 모습, 거리의 맨홀이 분수처럼 역류하던 모습, 산사태, 가슴까지 물에 빠져 걷는 사람들, 둥둥 떠내려가던 자동차, 이 모든 것들이 불과 한 달 전의 일이라는 사실이 오히려 거짓말 같다. 그리고 그 와중에 걸려오던 전화들. "여보세요?" 하면, "아예. 잘 계셨지요……(운운)……우리 집 천장에 비가 새는데요."

오랜만의 통화라 다급한 와중에도 건축주들은 예의를 차린다. 전화로 응급조치법을 알려주고 도면을 꺼내 가만히 생각해보면 당사자들이야 얼마나 다급했을까, 하는 안쓰러움이 일어난다.

2년 전에 지은 집들도 있지만 대부분 비가 새는 집들은 5년 이상 된 것들이다. 하자보수 기간인 2년이 지난 집들에 대해서 시공자가 (법적으로) 책임질 일은 없다. 그러니 집 주인은 시공자보다는 건축가에게 뭔가 도움을 받으려고 한다. 그러나 건축가는 방수업자가 아니다. 건축가가 할 수 있는 일은 고작 원인을 찾아보는 일이다. 결국에는 동네 방수업자들이 건축가의 의견을 십분 고려해 물을 막는 실질적인 작업을 하게 된다. 건축주들도 건축가가 할 수 있는 일이 별로 없다는 것을 안다. 그러나 집에 대해 믿고 상의할 만한 상대가 없다. 그러니 자연히 그 집을 설계한 건축가를 찾는다. 그럴 때마다 나는 건축가로서 무력감을 느낀다. 믿고 전화하는 사람에게 대뜸 동네 방수업자에게 연락해보라고만 하는 것도 예의는 아니다. 사실 '어떻게 물이 새나' 하는 궁금증과 더불어 '도대체 시공을 어떤 식으로 했기에' 하는 화가 반반이다.

이번 여름 재해를 보면서 느끼는 점은 이제 전과 같은 설계 방법은 변화하는 기후에 맞지 않을지도 모른다는 것이다. 지금은 평평한 지붕이 일상화되었지만, 생각해보면 불과 20~30년밖에 되지 않은 일이다. 그전에는 용마루가 있는 박공지붕들이 자연스러웠다. 그러다가 평평한 옥상 지붕이 마치 서구식 주거의 세련됨을 보장하듯이 우후죽순으로 생겨나 어느새 대세가 되었고 급기야는 우리의 오랜 주거 형태인 박공지붕을 밀어낸 것이다. 전 세계적으로 박공지붕의 경사는 그 지방의 강우량을 나타낸다.

동남아시아처럼 비가 많이 오는 지역이나 눈이 많이 오는 일본의 홋카이도 지방의 집들은 지붕의 경사도가 급하다. 반면에 티베트의 고원처럼 비가 잘 오지 않는 지방의 집들은 지붕이 평평하다. 우리나라처럼 여름에 며칠 집중호우가 내리는 지방의 집 지붕은 경사면이 비교적 완만하다. 그런데 모더니즘 건축이 전 세계적으로 번진 이후 우리나라에도 평평한 옥상이 일반화되었던 것이다. 문제는 갑작스러운 기후변화이다. 한 달 넘게 계속 비가 내리는 여름 기후에 평평한 지붕의 집들은, 평소 관리가 잘 안 되었을 경우 여지없이 지붕에서 비가 샜다.

워낙에 비가 많이 내린 탓에 평평한 지붕에서는 빗물이 원활하게 빠져나가기가 어렵다. 그러다 보니 빗물이 지붕에서 머무는 시간이 많아지게 된다. 물은 절대 고여 있지 않는다. 어디로든지 빠져 나가려고 한다. 지붕 위에서 빗물이 고여 있는 시간이 길면 길수록 물은 어떤 틈새든지를 찾아 그쪽으로 흐른다. 그것이 다행히 집의 외부라면 모르지만 그런 경우는 거의 없다. 물은 바깥에서 안으로 흐르게 되고, 집에 사는 사람들은 당황한다.

물은 가장 흐르기 쉬운 곳으로 흐르는 속성이 있다. 그 속성을 가장 잘 이용한 지붕 형태가 바로 경사 지붕이다. 21세기의 최첨단 기술로도 물을 막기는 어렵다. 그래서 물을 막는 가장 최첨단 하이(high) 테크놀로지는 물이 흐르는 대로 놔두는 로(low) 테크놀

구름 수리

로지다.

  그리고 모더니즘 건축의 가장 흔한 아이콘인 노출 콘크리트 벽면도 문제다. 비가 적당히 오면 벽면의 노출 콘크리트는 그 자체로 훌륭한 방수벽 역할을 한다. 그러나 몇 날 며칠 비가 올 때 노출 콘크리트 벽면은 오히려 방수에 불리하다. 왜냐하면 콘크리트는 일정 정도의 수분이 들어오면 삼투압 현상으로 오히려 물을 빨아들인다. 집에 습기가 차고, 심지어는 어디서 나오는지 모르게 비가 새는 경우도 이 때문이다. 튼튼해서 물에 잘 견딜 거라 생각했던 재료가 물과 친한(?) 재료로 변해버리는 것을 우리는 이번 비로 목격했다. 서구식 전원주택을 표방하는 기단(基壇) 없는 집도 문제다. 아무리 집중호우가 내려도 시간당 36mm 정도의 강수량이 고작인 평년에 비해 이번에는 관악 지역 같은 경우 시간당 100mm가 넘는 강수량을 기록했다고 한다. 자연히 기단 없이 지면에서 불과 200mm 정도 높이에 있는 저지대의 집들은 물이 넘쳐 집 안으로 들어오는 경우가 많았다. 습기도 문제였다. 운무처럼 낮게 깔린 습기가 집 안으로 침공하여 가구나 침대 시트, 옷들을 젖게 해 사람의 마음까지도 젖게 한다.

  무엇보다도 가장 심각한 것은 산사태였다. 산의 물길을 막고 무분별하게 지은 전망 좋은 집들이 나무들이 물을 저장할 수 있는 한계를 넘어버리자 여지없이 산사태로 이어져 재산 피해와 인명 피해까지 낳았다.

자연은 스스로 자기의 길을 만든다. 비가 많이 오면 비가 많이 온 대로, 이리저리 물길을 내 스스로를 제어한다. 가끔 그 한계치에서 거대한 폭력으로 돌변하는 경우도 있지만 그런 경우라도 인명 피해는 그리 크지 않다. 왜냐하면 자연의 길을 굳이 인간이 막고 있지 않고 그 역시 자연의 순리대로 이루어지는 일이기 때문이다. 그러나 인간이 자연의 길을 막아설 때 자연은 인간에게 막대한 보복을 행한다. 노자가 말했듯이 천지불인(天地不仁), 즉 자연은 무엇을 배려하고 살피는 '느낌(仁)'이 없다. 단지 자기의 길을 지키고자 할 뿐이다.

지금 우리는 그 길 위에 집을 짓고 도로를 내며, 높은 축대를 쌓고 있다. 물은 얼마든지 막을 수 있는 기술이 있다는 오만, 산도 옮겨놓을 수 있다는 오만, 인간이 노력해서 안 되는 일이 없다는 무지가 낳은 결과가 이번 여름의 재난이다.

분명, 인간의 기술력은 점점 진보할 것이다. 그 진보가 로테크 속에서 진정한 하이테크를 발견하는 진보였으면 좋겠다.

내가 설계한 파주의 헤이리에 있는 음식점의 안주인은 눈이 좋다. '눈이 좋다'는 말은 기억력이 비상하다는 말이다. 그녀는 한 번 가게를 찾은 손님은 절대 잊는 법이 없다. 얼굴 정도만 기억하는 것이 아니다. 손님의 직업은 물론이고, 아이들의 나이, 학년, 심지어는 손님이 타고 온 차까지 기억하고, 거리에서 알아본다. 그녀는 그 비상한 기억력으로 가게를 찾은 손님과 이런저런 얘기로 꽃을 피운다. 목이 쉴 정도다. 그래서 그 집을 찾는 손님들은 손님이 아니라 그녀의 팬이 된다. 무대에서라면 관객에게 기억되는 사람이 주인공이겠지만 일상에서는 아무것도 아닌 자신의 평범한 얘기를 기억해주는 사람이 주인공이다. 사실은 누군가 자신을 기억해주기 때문에 주인공이 된 듯하고, 그래서 자신을 기억해주는 사람을 같이 기억하게 되니 서로가 기억한다는 것으로 서로 주인공이 된다. 형편없는 기억력을 가진 나로서는 경이로울 뿐이다.

　나는 어려서부터 학교와 집을 하루에도 수차례 왔다 갔다 했다. 늘 준비물을 잊고, 또 그것을 다시 한 번에 다 챙기지도 못했기 때문이다. 어떤 때는 그렇게 쥐 소금 나르듯 뭔가 잊은 것들을 챙기다가 아예 학교에 돌아가지 않은 적도 있다. 거기까지야 나만의 문제로 치부해버리면 되지만 문제는 약속을 잊어버리는 것이었다. 지금에야 휴대폰도 있고, 인터넷에서 시간을 관리해주는 프로그램도 있으니까 좀 나은 편이지만 그런 것도 없던 시절에는 번번이 지청구를 들어야 했다. 그러나 생각해보면 그 시절에는 약속이 그렇게 확고한 것도 아니었다. 전화보다는 그냥 불쑥 집으로 찾아갔는데 그것이 그리 실례되는 일도 아니었다. 그러다 집에 있으면 같이 놀고, 아니면 말고 하는 식이었다. 그러나 이것도 마냥 편하고 싶어 하는 내 기억의 편집 작용일지도 모르겠다.

　기억력이 없는 대신 나는 기억을 편집하는 쪽으로 기제를 발달시킨 것 같다. 더 큰 문제는 술을 마시고 끊기는 기억 때문이었다. 술을 마시다 한순간에 기억이 끊기고 그 상태에서 계속 술을 마시면서 일이 커졌다. 내가 그 상태로 희한한 얘기들을 늘어놓는다는 것이었다. 심지어는 그 얘기를 글로 써달라는 청탁을 받은 적

건망증

도 있었다. 그러니까 그날도 열심히(?) 술을 마시고 난 다음 날 아무 기억이 없는 상태에서 나는 전화 한 통을 받았다. 어젯밤에 자신에게 한 얘기를 글로 써줄 수 없겠냐는 것이었다. 나는 내가 무슨 얘기를 했는지도 모르겠고, 더군다나 그가 누군지도 기억나지 않았다. 나는 그냥 전화를 끊어버렸다. 실례였지만, 섣불리 답하다가는 크게 낭패를 볼 것 같아서였다. 그러곤 생각했다.

'도대체 어제 무슨 일이 있었던 거지?'

나는 모르고 있었다. 그러니까 내 기억은 사실 온전한 나의 기억이 아니다. 만약 글이 기억에 의존하는 것이라면 이 글은 다 허구다. 만약 글이 망각에 의해 써지는 것이라면 이 글은 사실일 수도 있다. 도대체 내 기억은 누가 기억하고 있을까?

"더 먹어라."

지금도 어머니는 나에게, "한창 먹을 때인데……"라는 말씀을 하시곤 한다. 그러나 어머니, 저는 이제 그 옛날의 '먹쇠가장'이 아니랍니다. '먹쇠가장'이라는 말은 먹성이 으뜸이라는 의미로 어머니께서 지어주신 어릴 적 내 별명이었다. 나는 정말 많이 먹었다. 그러나 내가 가장 많이 먹었을 때는 어머니의 무릎에서 떨어진 지 한참 후인 춘천의 건축 현장에서 기사 생활을 할 때였다.

스물다섯 살 무렵에 나는 춘천에서 현장 기사 생활을 한 적이 있다. 아침 7시에 출근해서 현장 상황을 체크하고, 사무실로 돌아오면 8시였다. 함바 집에서 아침을 먹고 서류를 정리하고 다시 현장에 나가 그날 할 일을 중간 점검하고 돌아오면 점심때였다. 점심은 함바 집에서 먹을 때도 많았지만 소위 업자들이 한턱내겠다는 적도 많아서 별미를 찾아 바깥에서 먹는 경우도 종종 있었다. 그리고 오후 4시쯤에 참을 먹고(주로 라면), 6시나 7시에 저녁을 먹는다. 그리고 일과를 마치면 시내에 나가서 술과 안주를 먹고 그날의 일과를 끝낸다.

그러니까 하루에 네 끼를 먹었고, 늘 술자리가 있었으니까 아마 그 무렵 나는 다른 사람들의 두 배가 넘는 양의 음식을 섭취했던 셈이다. 여기까지는 보통 건축 현장에서 생활하는 사람이면 평범한 일과이므로 특이할 것도 없는 일이다. 그러나 그해 겨울 동지 때는 양상이 좀 달랐다. 나는 그날 친하게 지내던 현장 기사 한 사람과 평범한 일과를 끝내고 저녁을 먹으러 평소에는 잘 찾지 않는 레스토랑을 찾았다. 제법 분위가 있는 고급 레스토랑이었다. 메뉴를 죽 훑어본 우리는 우선 티본스테이크를 하나씩 시키고 아무래도 그거 하나로는 배가 차지 않을 것 같아서 더 시킬 음식을 찾았다.

그때 마침 피자가 눈에 들어왔다. 지금이야 거리에 널린 게 피자집이지만 당시만 하더라도 피자라는 음식 자체가 찾아보기 어려운 시절이었다. 우리에게 당시의 피자는 〈기동순찰대〉라는 텔레비전 드라마에서 '저게 뭘까?' 하고 본 게 전부인 생소한 음식이었다. 우리는 옳거니, 이 기회에 피자라는 걸 한번 먹어보자 하

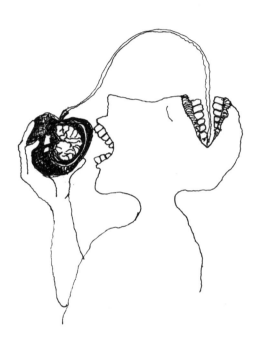

사과의 기억

고, 두 판을 시켰다. 지금 기억에 대, 중, 소라는 구별은 없었던 것 같다. 생각해보면 한 번쯤 말렸을 법한 과도한 양인데도 웨이터는 순순히 주문을 받았다. 사실 그가 말릴 필요가 뭐 있었겠는가?

무식한 놈 둘이 와서 스테이크와 피자를 각각 시켜놓고 먹겠다는데 말려봐야 매상만 줄어드는 일이고 보면 똑똑한 웨이터였던 것 같다. 막상 피자가 나왔을 때 우리는 좀 놀랐다. 과장해서 세숫대야만 한 원반 두 개가 테이블 위에 놓이니까 스테이크 접시를 놓기가 힘들 정도였다. 아무튼 우리는 시킨 거니까 다 먹고 그 집을 나왔다. 그런데, 아무리 우리가 집을 떠나온 처지라 할지라도 동지 때는 팥죽을 먹어야 제대로 된 생을 사는 것이 아니겠는가, 하는 생각이 들었다.

마침 현장 잡부 중에 저녁때는 포장마차에서 붕어빵과 팥죽을 파는 사람이 있어 우리는 또 거기에서 팥죽 한 그릇씩을 뚝딱 해치웠다. 그렇게 먹을 걸 다 먹고 나니 맥주 한잔이 간절히 그리웠다. 우리는 근처에 있는 맥줏집(사실 이 맥줏집도 같은 회사에 있는 상사의 부인이 부업으로 낸 가게였다)에서 처음에는 치킨 한 마리를 시켜서 먹다가 나중에 한 마리를 더 시켜서 도합 두 마리를 먹고 술자리를 접었다. 그러니까 우리는 그날 저녁에 한 사람당 스테이크 하나, 피자 한 판, 팥죽 한 그릇, 치킨 한 마리씩을 먹어치운 것이다.

내가 이 얘기를 하면 사람들은 다 입을 쩍 벌리고 놀랜다. 인간이 어떻게 그렇게 많이 처먹을 수 있느냐 하는 눈치다. 그러나 생각해보면 다섯 시간 내지 여섯 시간에 걸쳐 먹은 것이니까 아주 황당한 양은 아니다 싶다(생각해보면 내 생애에서 그날처럼 많이 먹었던 기억은 없다. 그러나 전혀 배불렀다는 기억이 없다. 그날 같이 먹었던 동료조차 기억하지 못할 정도다. 현장은 추웠고, 이십대 중반의 나이는 뭘 해도 안 되는 나이였던가? 직장에서도 안주하지 못했고, 무엇을 하고 싶은지도 모르는 상태에서 나는, 그즈음 시를 쓰기 시작하고 있었다는 것만큼은 분명히 기억한다).

나는 음식을 아주 천천히 먹는다. 사실 단위 시간 동안 먹는 음식량만을 따진다면 나는 소식에 속한다. 보통 여자들보다 먹는 속도가 더 느리다. 나는 맛있는 음식을 일부러 찾아다니지 않는다. 별미를 특별히 좋아하는 편이지만, 또 찾아다니는 건 귀찮아서 못한다. 대신에 나는 아무 음식이나 다 잘 먹는다. 그것도 아주 천천히. 그러고 보면 나는 음식을 즐기는 편인가 보다. 어떤 음식이든 나는 아주 느리게 그 맛을 음미하며 다 먹는다. 대개 우리네 음식은 반찬이 많아서 아무리 맛있는 음식이라도 밥과 반찬을, 그리고 반찬과 반찬을 적당히 안배하면서 먹어야 그 맛을 다 느낄 수 있게 되어 있다.

빨리 먹는 사람은 상식적으로 생각해도 그 맛을 음미하는 사람이 아니다. 음식을 많이 먹느냐, 적게 먹느냐 하는 문제는 별로 중요한 게 아니다. 음식의 질을 따지느냐, 아니냐 하는 문제도 그리

중요한 게 아니다. 얼마나 맛있게 먹느냐가 중요하다. 그런 점에서 나는 다른 사람에게도 그 맛을 전염시킨다. 식욕이 없던 사람도 내가 먹는 모습을 보고는 없던 식욕이 생길 정도라니까.

오지래퍼의
딱 한 가지 로망

어떤 자리든 나를 소개하는 사람은 횡설수설할 수밖에 없다. 내가 생각해도 참 번잡스럽다. 시인, 건축가, 건축평론가는 공식 직함이고, 그림에 미술비평도 손대고, 만화에 만화비평, 영화비평, 전시 및 공연기획자에다가 아예, 세상에 없는 직업까지 만들었다. 나 스스로 이 번잡스러움을 피해가기 위해 만든 직업이다. 어차피 이것저것 오지랖 넓게 다 들쑤시고 다닌다고 해서 생각해내고 버젓이 명함에도 이름을 올렸다. 오지래퍼(영자로는 Ozirapper라고 쓴다). 그러나 그것도 신통하지는 않다. 사람들이 곧잘 오지래퍼가 뭐냐고 묻기 때문이다. 이래저래 허둥대기는 마찬가지다.

그러니 아무리 조리 있는 사람도 나를 다른 사람에게 소개하기란 여간 성가신 일이 아니다. 대충 몇 가지를 주워섬기다 포기하고 말기가 쉽다. 그러면 나도 좀 머쓱해진다. 큰 잘못이라도 한 것 같다. 어쩌다 이렇게 되었나 생각할 필요도 없이 원인은 하나다. 그건 내가 예스맨이라는 것이다. 나는 극단적으로 호기심이 많고 누가 나에게 뭘 부탁하면 거절을 못 한다. 싫은 일도 그런데, 하물며 새로운 분야의 일이면 말할 것도 없다. 그러니까 내가 이렇게 잡다하게 일을 펼치고 다니게 된 것은 다 주변 사람들이 시켜서 한 일이다. 시와 건축 이외에 맹세코 내가 스스로 펼친 일은 없다.

그러나 나도 정말 하고 싶었는데 못 한 일이 하나 있다. 그것은 바로 음악이다. 나는 음악에는 젬병이다. 악보도 볼 줄 모르고, 악기 하나 다루는 게 없다. 라디오에서 나오는 노래를 따라 불러도 자꾸 늦는다. 더군다나 음정도 틀린다. 완전히 제멋대로다. 아내는 내가 노래를 부르면 "뭐라고?" 하고 묻는다. 노래가 아니라 얘기하는 줄 아는 것이다. 자연스럽게 내가 제일 좋아하는 사람은 음악하는 사람들이다. 나는 음악하는 사람들을 무조건 존경하는 버릇이 있다. 그들은 천상에 사는 사람들 같다. 어떻게 그런 음을 만들어낼 수 있는지 나에게는 불가사의하기만 하다. 그러니 나도 좋은 음악을 알아듣는 귀는, 있는 셈이다. 국악하는 친구들은 나를 귀명창이라고 치켜세우곤 한다. 그러나, 그러니 얼마나 더 답답하겠는가? 들을 줄 아는 귀를 가졌으니 얼마나 직접 연주해보고 싶

기타

었겠는가? 낸들 악기를 배워보려고 노력해보지 않았을 리 없다.

　그런데 나는 좀체 악기를 배우기에는 불가능한 몸인 것이 틀림없다. 제일 먼저 해본 것이 기타였다. 흔한 악기 중 하나였고, 남들 하는 것을 보니 나도 하겠다가 아니라, 남들 다 하는데 나라고 못하랴 싶었다. 그런데 문제는 정작 이상한 데서 불거졌다. 기타를 치려면 코드를 잡아야 하는데 쇠를 꼰 줄을 짚는 손가락이 너무 아파서 도저히 더 할 수가 없었던 것이다. 이렇게 아픈 걸 다른 사람들은 어떻게 참는 것일까? 괜한 엄살이라는 핀잔을 받으며 나도 그렇게 생각했다. 사람들은 굳은살이 생기면 나아질 거라고 용기를 주었지만 내 손가락은 굳은살이 생기기는커녕 오히려 줄이 살을 파고 들어왔다. 엄살이 분명하지만 심지어 나중에는 줄이 뼈까지 파고드는 것 같았다. 너무 아파서 손가락에 힘을 주지 못하니 소리가 제대로 날 리 없었다. 나는 기타를 포기했다(그러나 코드를 바꾸기 위해 끄는 날카롭고 긴 음은 얼마나 매력적이란 말인가!). 그러고 나서 리코더와 대금을 해봤지만 그 작은 구멍으로 손가락이 빠져버릴 거 같았다. 이상하게도 아무것도 없는 구멍에서 열이 나는 것 같은 따끔거림에 적응하기 어려웠다. 목젖도 땅겼다. 그러니 트럼펫 같은 악기는 아예 꿈도 꿔보지 못했다. 나중에 지인으로부터 거문고를 선물받는 행운도 누렸지만 그 명주로 꼰 줄은 나에겐 공포였다. 벽에 걸어놓고 지금 18년째 쩨려만 보고 있는 중이다(그러나 거문고의 몸에 현을 슥슥 문대는 소리는 곤충의 날개 부비는 소리처럼 얼마나 아련한가!).

　그러니 바이올린 같은 악기는 거의 악몽이다. 악기를 고정하기 위해 턱은 짓뭉개지고 손가락은 현에 잘려버릴 것 같은 끔찍한 상상에 휩싸인다. 나에게 악기는 사랑스러운 몸이 아니라 단두대에 걸려 있는 시퍼런 칼날 같다. 그러나 그 소리는 얼마나 아름다운가! 나는 세이렌의 노래를 듣기 위해 몸을 돛대에 친친 감은 오디세우스의 심정을 너무나 절절히 이해한다. 나에겐 악기가 바로 죽음처럼 아름다운 세이렌이다.

87년 대선이 있었을 때 나는 모
후보의 말단 운동원으로 일했던
적이 있었다. 정치에 확고한 뜻
이 있었던 것도 아니고 보수를
바라고 했던 일도 아니었다. 단
지 젊은 혈기로 이 사람이 꼭 되
어야 한다고 생각했던 것, 그게

전부였다. 그보다 더 추웠던 겨울도 많았지만 유독 그 겨울의 추
위가 기억에 남아 있는 것은 외투 때문일 것이다.

　당시에 나는 형과 함께 남가좌동 백련산 중턱에 허름한 월세방
을 잡아놓고 산 밑의 명지대 근처 치킨집에서 접시를 닦으며 운
동원 일을 하고 있었다. 서울로 상경한 지 얼마 되지도 않아서 수
중에 돈도 없고, 믿을 만한 벌이도 없었기에 형과 나는 있는 돈

을 탈탈 털어서 남대문 시장 중고 옷가게를 찾아갔다. 그리고 거기서 남이 족히 10년은 입다가 버린 것 같은 아주 허름한 외투를 두 벌 샀다. 요즘에는 물론이고 그 당시에도 그런 외투를 입고 다니는 사람은 아무도 없었다. 특히 나에게는 길이가 짧아 점퍼인지 반코트인지 어정쩡했다. 아무튼 우리는 좋아라 하고 그 외투를 입고 다녔다. 비록 형은 유행에 처지는 패션이었음을 깨닫고 얼마 안 있다 다른 외투로 갈아입었지만 나는 어쩐지 그 외투가 마음에 들었다. 사람들이 잘 찾지 않는 고풍스러운 색깔에 둥그런 칼라가 목을 꽉 감싸고 있어서 보온성도 뛰어났다. 하지만 어쩐지 남세스러운 점도 없지 않아 나는 꼭 필요한 경우가 아니면 그냥 점퍼를 입고 지냈다. 그리고 그해 대통령 선거는 한치 앞을 예측할 수 없을 정도로 혼전이었다.

내가 지지하는 후보는 사회 각계에서 사퇴 압력을 받고 있었다. 내 생각에도 그 후보가 대선에 뛰어들면 지지 세력의 표를 갈라놓게 될 것 같았다. 그 후보도 거듭 그런 정황을 설명하며 자기가 후보를 사퇴하는 것이 이 땅의 민주주의를 위해서 더 나은 한 걸음을 가는 거라고 참모들을 설득했다. 그러나 참모들을 비롯한 대다수의 지지 세력들은 강하게 후보 사퇴 의사를 철회하라고 요구했다. 그리고 후보 추대위원회는 대선 후보를 결정하기 위한 마지막 집회를 열었다. 집회가 있던 날 나는 아침 일찍 일어나서 멍하니 책상에 앉아서 생각했다. 어떻게 할 것인가? 나는 그가 후보를

우로보로스

사퇴해야 한다고 생각했다. 그러곤 일어나서 옷장의 문을 열고 그 촌스러운 외투를 꺼내 입었다. 장 보러 나온 시골 아저씨가 거울 속에서 결연한 표정으로 거울 밖을 노려보고 있었다. 나는 하숙 집을 나와 골목길을 터벅터벅 걸었다. 큰길로 접어드는 빠른 길도 있었지만 최대한 느리게 집회 장소에 닿고 싶었다.

그런데 막 골목길을 돌아서 큰길로 접어드려는 순간 골목 끝에 서 남자아이와 여자아이가 무언가를 가지고 열심히 재미있게 놀 고 있는 모습이 눈에 띄었다. 흔한 풍경이지만 그날따라 유난히 그 아이들이 가지고 노는 물건에 주의를 빼앗긴 나는 가까이 다가가 그 물건을 자세히 보았다. 시계 판이었다. 시간을 가리키는 바늘은 다 떨어져 나가고 숫자가 새겨진 판만 남아 있었다. 왜 그런 생각 이 들었는지 모르지만 시간이 날 때마다 그림을 그리며 소일했던 나는 문득 그 시계 판에 못으로 긁어서 그림을 그리면 좋겠다는 생 각이 들었다. 그래서 나는 아이에게 그 시계 판을 나에게 줄 수 없 느냐고 물었다. 그러자 남자아이가 대뜸 돈을 내세요, 했다.

어이가 없어진 나는 맹랑하다는 생각에 가격을 물었다. 백 원이 란다. 나는 아이가 귀엽기도 하고, 맹랑하기도 해서 그 시계 판을 사기로 했다. 그러고는 정말 천천히, 내가 걸을 수 있는 가장 느린 걸음으로 집회 장소에 도착했다. 집회 장소는 이미 운집한 군중들 의 열기로 후끈 달아오르고 있었다. 나는 연단 뒤쪽에 자리를 잡 고 사람들과 인사를 나누었다. 내가 지지하는 후보의 연설이 시작되고 운동장 가득 군중들의 구호가 쩌렁쩌렁하게 울려 퍼졌다. 그러나 내 귀에는 아무런 소리도 들리지 않았다. 이쯤에서 사퇴하는 것이 좋다는 얘기를 골자로 할 내 연설과, 거기에 반박하며 나를 공박할 다른 참모들과 지지자들의 비난이 귀에 들려오는 듯했다. 나는 오늘 한 집단의 배신자가 되어야 했다. 다시 한 번 후보가 연단에 올라 사퇴 의사를 밝히고 구수한 그의 입담이 절절하게 그 이유를 설명하고 있었다. 예상대로 지지자들은 그가 그러면 그럴수록 막무가내로 구호를 외쳐댔다. 그러던 중 평소에도 고문 후유증으로 병색이 완연했던 그가 연단에서 쓰러졌다. 참모들은 그를 의자에 앉혀놓고 다음 연사로 하여금 지지 연설을 계속하게 했다. 그다음 내 차례가 왔다. 나는 다시 한 번 내 배신의 말을 상기하며 연단에 올랐다.

아, 연단 위에서는 모든 것이 너무나 잘 보였다. 일렁이는 횃불들과 상기된 지지자들의 결연한 표정, 연단을 잡고 꼭 출마하셔야 한다고 울부짖는 사람들. 나는 그 모든 사람들 앞에서 "여기서 끝냅시다"라고 말해야 하는 것이다. 그때 나는 일부러 준비해 간 것처럼 시계 판을 높이 쳐들었다. 의아한 군중들이 내가 들고 있는 시계 판을 어리둥절하다는 듯 바라보았다. 나는 군중들에게 이것이 무엇이냐고 물었다. 사람들은 웅성대며 시계 판이라고 대답했고, 나는 다시 그러면 지금 몇 시냐고 물었다. 사람들은 당연히 아무 대답이 없었다.

"그러면 이 빈 시계 판에 시침과 분침이 되어줄 사람이 누구입니까?"

그 말이 끝나자마자 터져 나오는 군중들의 구호. 나는 도대체 무슨 말을 했단 말인가? 나는 그림을 그리려고 동네 꼬마에게 백 원을 주고 샀던 시계 판을 그 후보에게 주고 돌아서서 연단을 내려왔다. 도대체 이게 무슨 일이란 말인가? 그림을 그리려고 했던 시계 판을 엉뚱하게 연설의 소품으로 써먹고, 사퇴를 주장하는 얘기를 하려다가 갑자기 출마 지지 연설을 하고 만 나는 도대체 뭐란 말인가? 나는 갑자기 밀려오는 한기에 몸을 웅크리며 몸을 말았다. 그 순간 북, 하는 소리와 함께 외투의 등이 터지고 말았다. 아, 도대체 이게 무슨 일이란 말인가?

장마다. 오늘은 하루 종일 그치
지도 않고 비가 내린다. 어제는
뉴욕에서 공부하는 후배가 놀
러 왔다. 그에게서 하루 종일 뉴
욕 얘기와 망원동의 장마 얘기를
들었다. 넘치는 오물에 허리까지
빠져서 다녔던 일, 심심한 게 뉴

욕적이라는 얘기, 학교로 피난 가기 싫어서 몰래 도망 다녔던 일,
센트럴 파크의 족제비 얘기, 물이 빠진 집에 돌아와서 벽에 그어
진 물때를 바라보던 감회라든지, 한 달이 지나도 빠지지 않던 악
취 얘기……. 나는 얘기 내내 뉴욕과 망원동 사이를 왔다 갔다 했
다. 나는 그가 마치 망원동에서 놀러 와 뉴욕에서 살았던 얘기를
하는 듯싶었다. 내가 제 얘기보다 내리는 비에 무심히 눈길을 주

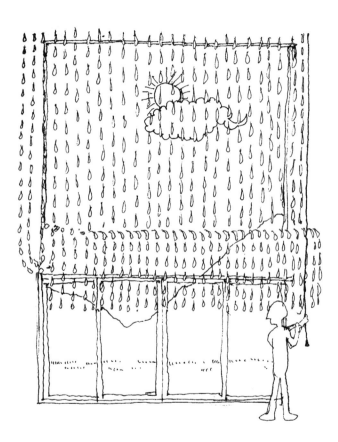

커튼

고 있으니까 그가 갑자기, "비가 먼 데서, 막 이리로 오면서 내리는 걸, 좀 봤으면 좋겠어요" 한다. 내가 "봤어" 하니까 그가 놀라며 "어디서요?"라고 묻는다.

"티베트 하구 말레이시아."

그때 나는 우연히 동행하게 된 일본인 여행자와 티베트와 네팔의 국경으로 가는 차를 히치하이킹하고 있었다. 가뭄에 콩 나듯 오는 차를 기다리다가 아예 길거리에 드러누워 권태를 어쩌지 못할 즈음 갑자기, 나는 먼 데서 이쪽으로 다가오는 이상한 물체를 발견했다. 우리는 누워서 뭐지? 하고, 다가오는 그 물체를 쳐다보다가 동시에 벌떡 일어섰다. 그리고 몇 초 후 우리는 후다닥 짐을 챙기고 뛰기 시작했다. 정말 만화 같은 일이 벌어진 것이다. 비구름이 비를 뿌리며 우리 쪽으로 다가오고 있었던 것이다. 그러나 우리는 곧 비구름에게 따라잡혔고 흠뻑 젖어서야 근처 주막에서 비를 피할 수 있었다. 티베트의 연 강수량은 한국과 비슷하지만 사계절에 걸쳐 골고루 내리기 때문에 집들의 지붕은 거의가 다 평평하다. 게다가 건조하기 때문에 지붕의 빗물은 금방 증발되어버린다.

그러나 말레이시아의 집들은 지붕의 물매가 45도 이상으로 아주 가파르다. 연 강수량이 한국의 두 배나 되고 여름에는 하루에 한 번씩 스콜이라는 소나기성 집중호우가 내리기 때문이다. 가파른 지붕을 이고 있기 위해 자연히 지붕을 받치는 구조재들도 굉장히 역동적으로 짜여 있다. 더군다나 연중 기온차가 거의 없는 열대성 기후이다 보니까 벽체라는 게 그다지 중요하지 않아서 집은 기둥과 지붕이 전부라고 해도 틀린 말이 아니다. 바닥은 대체로 지면에서 1미터 정도 위에서 시작되는데 아마도 해로운 짐승이라든가 벌레, 그리고 집중호우로부터 보호하기 위한 구조일 것이다.

나는 말레이시아에서 약 6개월 정도 지낼 기회가 있었는데 처음 쿠알라룸푸르에서 스콜이 내리는 모습을 보고 완전히 매료되었다. 그것은 티베트에서 본 것과는 사뭇 다른 감흥을 주었다. 티베트의 소나기가 남성적이라면 말레이시아의 소나기는 강하지만 섬세하고 다분히 여성적이다. 희뿌옇게 창밖을 지나가는 그 비의 커튼은 봉덕대왕 신종의 비천상의 옷자락을 연상시킬 정도로 우아했다. 쏴아아아아 하고 뿌리고 가는 비의 커튼이 내 방 창문을 가리며 지나갈 때 나는 바쁜 일손을 놓고 그 순간만큼은 멍하니, 무엇을 가리기 위한 커튼이 아닌 하나의 광경인 커튼을 감상하고 있었던 것이다.

우연히 생명체가 생길 확률은 완
전히 분해된 보잉 707기가 불어
오는 바람에 의해 조립되는 것보
다 더 희박하다고 한다. 이 말은
그러니까 우리는 얼마나 대단한
존재인가 하는 긍지와 동시에 우
리가 그렇게 해서 생겼는데 그렇

다면 다른 생명도 그렇게 해서 생길 수 있는 거 아닌가 하는 의문
을 낳게 한다. 우리 말고 다른 생명체가 있을 확률이 거의 없다는
저 비유가 오히려 다른 생명체가 있을 가능성을 제시하는 것이다.
그 근거는 바로 우리의 존재이다. 그 희박한 확률을 뚫고 우리가
있지 않은가?

　그러나 저 확률이 창조론을 옹호하는 것이라면 얘기는 달라진

다. 우리는 유일하다. 신이야말로 그 희박한 확률을 넘을 수 있는 유일한 존재니까. 신도 유일하고 우리도 유일하다. 그러니까 우리(신을 포함해)는 유일하다. 신은 자신이 유일한 것을 알자 외로워져서 생명을 만들었다. 인도 신화에 따르면 어느 날 신은 "내가 있다"라고 말했다. 그러자 신은 두려움을 느꼈다. 왜냐하면 신은 "내가 있다"고 발설하는 순간 영원을 인식했기 때문이었다. 그래서 신은 "왜 내가 두려워하느냐? 존재하는 것은 나뿐인데" 하고 생각했다. 그러고 나니 이번에는 외로워졌다. 다른 하나가 더 있었으면 하는 욕망이 일었다.

결국, 신은 둘로 나뉘어 각각 남성과 여성이 되어 이 세상을 낳게 되었다. 우리도 우리의 유일함이 외로워서 외계 생명체를 만든 건지도 모른다. 인간의 관심은 늘 대기권 바깥을 향해 있다. 별자리 신화, 점성술, 운명 같은 것들은 언제나 먼 하늘의 이야기다. 알 수 없는 신비한 존재이면서 우리가 볼(알) 수 있는 거대한 파노라마이기 때문일 것이다. 볼 수 있는 가능과, 더 볼 수 없는 한계가 또 동시에 있다.

그래서 우리의 내부는 항상 미지로 남아 있다. 사람의 손이 닿지 않는 깊은 바다가 그렇고, 땅속이 그렇다. 그런가 하면 인간 정신의 문제도 미지다. 우리의 몸도 그렇고, 남자에게는 여자가, 여자에게는 남자가 그렇다. 아니, 어쩌면 여자에게 남자는 뻔한 하늘 같은 것이면서 닿지 않는 존재 같은 것인지도 모르겠다. 그러나

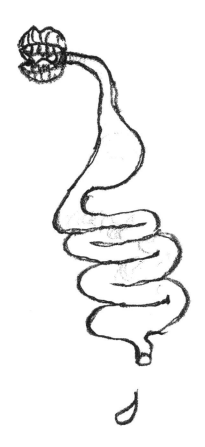

나는 괴물

남자에게 여자는 항상 미지다.

　나는 내 몸속에서 외계를 하나 들추어봤다. 외부이면서 내부이고, 나이면서 내가 아닌 것. 저 생명체는 근육을 움직여 이동하고, 성대와 입이 있어 말하기가 가능하고, 자기 복제도 가능하다. 딱하나 듣지 못한다. 내 안에 사는 외계는 참으로 딱하게도 눈과 귀가 없다. 그래서 그는 내 안에 산다. 그러나 나는 말할 수도 없고, 먹지도 못하고, 배설할 수도 없다. 대신에 나에게는 듣는 귀가 하나, 보는 눈이 있을 뿐이다. 그러고 보니 나는 정말 이상하다. 커다란 자루에 눈과 귀밖에 없다니. 그러니 내가 외계에 기생하는 것인지, 외계가 나에게 기생하는 것인지도 알 수 없다. 아마 외계는 나인지도 모르겠다. 그 희박한 확률로 만들어졌다는 게 더욱 그렇다.

사람의 몸은 그 자체로 평화롭
다. 그것은 그 어떤 보석보다도
귀한 것이다. 너의 몸을 소중하
게 여겨라. 그것은 이번 한 생에
만 너의 것이니. 사람의 몸은 대
단히 얻기 어려운 것이지만 잃기
는 쉽다. 모든 세간의 것들은 하
늘의 번개처럼 찰나의 것이니, 너는 이번 생을 한 방울의 작은 빗방
울로, 나자마자 곧 사라지는 아름다운 것으로 알아야 한다.

쫑까빠*

*14세기 티베트의 불교개혁을 지도했고 '게룩빠'를 열었다.
티베트 달라이 라마의 계보는 쫑까빠로부터 시작한다.

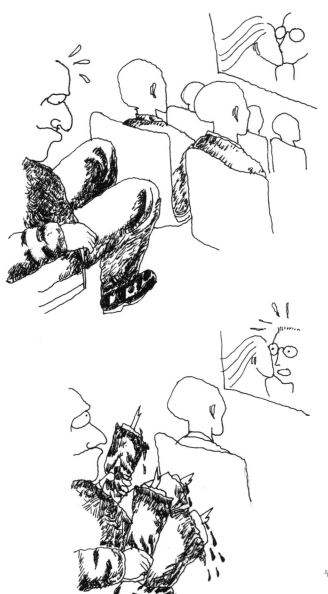

무제

인도는 영화가 만들어지는 편수로 따지면 세계 1위다. 영화의 형식도 독특하다. 줄거리가 잘 전개되다가도 갑자기 맥락 없이 꽃이 만발한 푸른 벌판이 펼쳐진다. 그리고 거기서 지금까지 심각한 얘기를 이끌던 남녀 주인공이 유쾌 발랄 섹시한 춤을 추며 노래를 부르고, 벌판을 마구 돌아다닌다. 그러면 관객들도 따라 일어나 흥겹게, 마치 영화 속의 남녀 주인공이 된 듯이 춤을 추고 노래를 따라 부른다. 그러다 화면에서 다시 이야기의 줄거리로 돌아가면, 우리가 예전에 영화 상영 전 애국가를 부르고 자리에 다시 앉는 것처럼 모두 제자리에 앉아 이야기에 몰두한다.

지금 인도에서도 대도시의 극장에서는 이런 풍경을 다시 보기 힘들어졌지만, 시골의 극장에서는 여전히 이 희한한 광경을 볼 수 있다. 인도에서는 아직도 극장에서 껌이나 심심풀이 땅콩을 파는 사람들이 좌석 구석구석을 돌아다닌다.

'아직도'라는 것은 우리의 옛날 극장 풍경에도 그런 장면이 있었다는 얘기다. 양 어깨에 띠를 걸어 몸통만 한 낮은 상자를 지지하고 거기에 껌이나 땅콩, 군밤, 군고구마, 음료수 같은 것들을 팔러 좌석을 누비고 다녔다. 극장 안에서 담배도 피울 수 있었다. 후련한 장면 장면에서는 여지없이 박수가 터져 나왔고, 악당이 잔인한 짓을 할 때는 고성과 야유가 뒤따랐다. 가끔 오줌 누러 가기 귀찮을 때는 그냥 앞좌석의 등받이에 흘리는, 공중도덕과 담을 쌓은 사람도 있었다. 그뿐이랴, 지금은 상영 시간이 되면 문을 아예 닫

아버리지만 예전에는 수시로 들락거렸다. 좌석 번호 같은 게 있을리 없어서 상영하는 중간에 들어가서 영화가 끝나면 계속 그 자리에서 기다리다 다음 횟수의 거기까지 보고 중간에 나오곤 했다. 심지어 사람을 찾으러 온 사람도 있었다. 영화 상영 중간에 누군가 극장 문을 열고 "아무개야!" 하고 부르면 누군가 대답하고 나갔고, 아니면 또 누군가가 "걔 남바리 갔어요" 하고 대답했다. '남바리'란 '고기잡이'의 속초 사투리다. 그러니까 고기잡이 간 애를 왜 극장에서 찾는지 모르겠지만 언제 돌아올 거란 설명까지 어둠 속에서 아주 먼 간격을 두고 친절하게(?) 오고갔다. 당연히 극장은 땅콩 껍질과 밤 껍질, 온갖 쓰레기로 가득했고, 담배 냄새, 지린내, 소독약 냄새가 어우러져 오묘한 냄새가 났다. 나는 아직도 그걸 극장 냄새로 기억한다.

요즘의 극장은 예전과 비교할 수 없이 깨끗하다. 중간에 문을 열고 누굴 부르는 소리도 없고, 뭘 팔러 좌석을 돌아다니지도 않는다. 물론 금연이다. 그러나 한 가지 변하지 않은 게 있다. 좌석과 좌석 사이가 너무 비좁다. 일정한 시간에 더 많은 관객을 받아야 한다는 상업적인 계산은 변하지 않은 거다. 키가 좀 큰 편에 속하는 나는 더 괴롭다. 앞좌석 등판에 무릎이 닿지 않게 하려면 다리를 좀 벌려야 하는데 이건 옆 사람에게 피해를 준다.

그렇다고 허리를 바로 하고 엉덩이를 등판까지 바짝 당겨 앉는 건 한 시간 넘는 상영 시간 내내 벌받는 기분일뿐더러 여간 피곤

한 게 아니다. 그럴 때 나는 나의 다리가 아름답지 않다. 몸이 평화롭지 않게 된다. 그 어떤 보석보다도 귀한 건 맞지만 나의 몸을 소중하게 여기기 어렵다. 이 몸은 이번 한 생에만 나의 것이고, 잃기는 쉽지만 확, 어떻게 따로 처리하고 싶다. 이 몸은 정말 나의 것인가?

3부

그의 생각은 곧 나의 생각으로
연금술적인 변환을 치르게 된다.
그리고 그럴 수 있을 때
나의 지식은 전 인류의 지식이 될 수 있지 않을까?

나는 집과 직장이 멀리 떨어진 것을 좋아한다. 한 10년 직장 생활을 했고, 직장은 어림잡아 12곳을 옮겨 다녔는데 전부 한 시간 반 이상 떨어진 곳들이었다. 가장 가까운 직장이 원서동이었다. 집에서 한 시간쯤 걸렸다. 직장이 다른 나라였던 적도 있었다. 내가 집에서 멀리 떨어진 곳에 직장을 잡는 이유는 두 가지다. 잠과 독서를 해결할 수 있어서이다. 버스에서 자는 잠은 이상스럽게 달콤하다. 워낙에 잠이 많은 탓에 집에서도 잘 자지만 집에서 자는 잠은 워낙에 깊이 잠들어 그런지 오히려 아무 느낌이 없다.

그러나 버스에서는 적당한 진동이 있고, 급커브, 급제동 같은 상황이 있기 때문에 깊이 잠들지 못해서 그런지, 자고 나면 뒷맛이 있다. 이 뒷맛이라는 게 다른 게 아니라 잤다는 기억이 있다는 말이다. 집에서 자는 잠은 자긴 한 거 같은데 잤다는 기억이 도무지 나지 않는다. 그러니 버스에서 자는 잠이 훨씬 달콤하다. 그리고 버스에서는 책 읽기가 좋다. 혼잡한 만원 버스에서 몸은 이리저리 뒹굴거리지만 일단 책에 집중하면 그런 것은 신경이 잘 안 간다. 그런데 그것이 꼭 책에 집중해서가 아니라는 생각도 든다. 일부러 만원 버스의 혼잡함을 피해 책으로 파고드는지도 모른다.

지금까지 내가 읽은 책의 6할은 다 버스에서 읽은 것이다. 버스는 나의 도서관이다. 바깥을 잊기 위해 안으로 집중하기. 아마 버스 안에서 하는 독서는 그런 것일 확률이 높다. 그러니까 나는 잠의 기억을 즐기기 위해, 그리고 바깥의 상황을 잊기 위해, 버스 안에서 잠을 자고 책을 읽는다. 물론 이것이 버스 안에서 가능하다는 것은 자리를 양보하지 않는 이상 나는 항상 좌석을 차지하고 있다는 말이다. 그것은 직장과 집 사이의 거리가 말해주듯이 경제적인 사정 때문에 나는 항상 싼 집을 구했고, 그런 집은 언제나 종점 근처에 있기 때문이었다.

그러나 생각해보면 꼭 앉아서 자고, 책을 읽은 것은 아니다. 사실 책은 서서도 읽을 수 있었고 심지어 나는 서서 자는 일도 종종 있었다. 대부분 퇴근길의 일이다. 그럴 때는 어느 정도 잠에 빠지면 손잡이를 쥔 손보다 다리가 먼저 풀린다. 나도 놀라지만 멀쩡

만원 버스

히 앉아서 가는 내 앞의 사람은 더 놀란다. 갑자기 커다란 덩치가 자기 쪽으로 쏠리니 안 놀랄 수가 없다. 그리고 나도 그럴 땐 창피하다. 그렇게 몇 번씩 무릎이 꺾어지며 집에 올 때도 있었다. 그에 비해 출근할 때는 편하다. 언제나 자리가 비어 있고, 나는 그 한가함과 버스의 흔들림을 느끼며 잠에 빠져든다. 그러다 문득 깨었을 때, 언제나 그 혼잡함과 일그러진 사람들의 얼굴은 나를 놀라게 한다.

"여기가 어디지?"

그것은 '내가 어디쯤 왔지?'가 아니라 무서운 풍경에 대한 불안이고, 현대 도시에 대한 공포이다. 비가 오는 날, 눅눅하고 어두운 사람과 사람 사이의 바지 자락에서, 구두에서, 우산에서, 뚝뚝 떨어지는 빗물은 더 기괴하다. 무차별적이고 몰개성적인 공간, 그것이 만원 버스의 풍경이고 늘 어딘가로 내몰리는 현대인의 삶이다.

나는 자연과학도다. 고등학교 때도 물리나 수학에 비중을 둔 공부를 했고, 대학에서도 그랬다. 그때 나는 문학은 감수성 예민한 여학생들의 전유물인 줄 알았고, 실제로 내 주위에는 그 흔한 소설책이나 철학서를 뒤적이는 부류는 없었다. 지금 생각해보면 주위의 친구들 중에 간혹 문학이나 철학에 대해 얘기하는 친구들이 있기는 했지만 그때 나는 그런 얘기들을 인문학과 연관 지어 생각해보지 못할 정도로 무지했다. 그렇다고 과학에 대한 지대한 관심이 있었던 것도 아니었다. 기껏해야 교과서에 적힌 내용을 외우고 응용하는 정도였으니 딱히 과학을 공부한다고 할 수도 없는 처지였다. 엄밀히 말하자면 나는 그때까지 인문학이든 자연과학이든 책을 읽어본 적이 없었던 것이다.

그러나 대학 입시가 끝나자 지금도 그렇겠지만 우리에게는 이상한 공백이 왔다. 학과 진도는 이미 다 나간 상태에서 입시까지 끝나자 수업 시간에 더 할 공부가 남아 있지 않았던 것이다. 그 이상한 공백 기간 동안 학교에서는 우리에게 아무 책이나 읽으라고 권유했다. 처음 맛보는 방임 상태에서 나는 잠시 난감했다.

독서 지도 같은 말은 들어본 적이 없었고, 한 번도 서점이나 도서관을 드나든 경험도 없었다. 나는 자연히 집에 있는 책들 가운데서 한 권을 골랐다. 출판사는 잘 알 수 없지만 『철학대계』라는 전집(당시에는 방문 판매용 전집류가 유행이었다) 중에서 1권을 뽑아 들었다. 공부 못하는 아이들이 늘 그렇듯이 첫째 권부터 뽑아 든 것이었다. 그게 무슨 책인지 상관없었다. 학교에 가서야 비로소 읽으려고 표지를 보니 『플라톤』이었다. 한 권의 책에 「대화」, 「향연」, 「파이돈」, 「국가」 이렇게 네 편이 수록되어 있었다. 나는 아무 생각 없이 주욱 읽어나갔다. 처음 읽는 책이라서 그런지 마른 스펀지에 물이 스미듯 책의 내용은 아무 비판 없이 수용되었다. 그런 내 꼬락서니를 보던 국어 선생님이 뒤에서 다가와 물었다.

"재밌냐?"

나는 고개를 끄덕였다. 선생님은 아무 말없이 나를 지나쳤다. 친구들도 궁금했는지 "뭔데?" 하고 물었다.

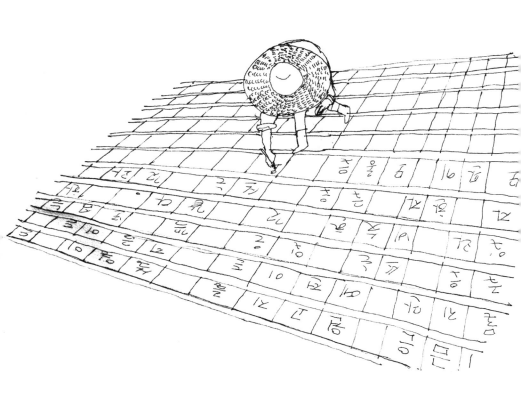

모심기

"플라톤."

"윤리 시간에 배웠던 그거?"

"어."

친구들은 별 대수롭지도 않네 하고 제자리로들 돌아갔다. 아무튼 나에게는 『플라톤』이 아주 단순하고 재미있는 우화 같았다. 그렇게 『플라톤』을 다 읽고 나서 집에 돌아가 책장을 보니 교과서에서 본 이름이 또 있었다. 키르케고르였다.

"이 사람도 윤리 책에서 본 사람이네."

『죽음에 이르는 병』이었다. 그런데 이번엔 좀 힘들었다. 처음엔 도무지 이해할 수 없는 말들이 계속되었다. 나는 당황했다. 글자는 읽는데 의미는 해독되지 않는 경험을 그때 처음 했다. 내가 얼마나 당황했느냐 하면, 나는 누가 책망하는 것도 아닌데 무지 창피했다. 급기야는 공부 시간에는 친구들이 읽은 책을 빌려서 읽고, 키르케고르는 집에서 혼자 몰래 읽었다. 이해될 때까지. 그러나 읽어도 읽어도 키르케고르는 끝내 이해하지 못했다. 나는 키르케고르를 끝내 이해하지 못한 채 고등학교를 졸업했고, 그 후로도 다시는 키르케고르와 친해지지 않았다. 그 후 대학에 와서 열아홉이란 나이에는 누구나 그렇겠지만 '나'에 대한 회의에 빠졌고, 그와 동시에 자연스럽게 신학에 관한 서적들을 닥치는 대로 읽었고, 사회운동에 경도되었다.

80년대는 인문학의 시대였다. 사상이 넘쳐났고, 정의할 수 없는 용어들이 내 주위를 유령처럼 떠돌며 나를 괴롭혔다. 나는 이 혼란을 정리해야 할 필요가 있었다. 물리와 공업, 수학만 빼고 나머지 과목 수업에는 들어가지도 않았다. 수업을 거의 전폐하다시피 하며 나는 대학 도서관의 참고 열람실에 파묻혔다. 거기서 닥치는 대로 읽어댔다. 방학 때도 집에 가지 않았다. 그렇게 6개월이 흘렀다. 그러고 나서 우연히 잡은 책이(디자인이 좋아서였다) 칼 포퍼의 『열린 사회와 그 적들』이었다. 나는 거기서 플라톤을 다시 만났다. 그때의 기쁨, 그리고 헤겔과의 만남, 좋은 인연은 사람과 사람 사이에만 국한된 게 아니었다. 나는 항상 책과 나 사이에도, 사물과 사람 사이에도 인연이 있다고 생각한다. 보이지 않는 손은 시장경제에만 존재하는 것이 아니다. 누가, 도대체 왜, 나를, 이렇게 어딘가로, 책을 통해 이끄는 것인가? (알 수 없다)

책을 읽는 행위는 문자를 인식할
줄 아는 어떤 주체가 행하는 지
극히 고도한 능력 중 하나이다.
물론 동물들 나름대로의 인지 능
력이 오히려 인간보다 더 발달한
경우도 있으나 공통된 어떤 기호
와, 그 기호가 가지고 있는 기의

를 해석하고 거기에 어떤 이미지를 첨가시키는 것은 아마 인간이
유일할 것이다. 그러나 인간만의 고유한 문자 해독 능력은 점점
더 기계적인 방식으로 그 영역이 확장되고 있다. 그뿐 아니라 기
계류(인류와는 다른 종이라는 의미에서 이렇게 이름 지어본다)는 단순히
인간의 문자를 해독하는 데서 벗어나 그들만의 독특한 언어까지
가지고 있다(우리가 흔히 기계어라고 부르는 그것). 인류에게는 일반적

이지 못한 언어인 기계어를 해독하는 사람은 드물다. 그러나 인간의 모든 언어는 그렇게 의도되어 만들어진 모든 기계들에게 판독당한다. 기계가 모르는 언어란 존재하지 않는다. 혹시 기계가 모르는 언어가 있다면 인간은 그것을 기계에게 빠른 시간 안에 가르쳐줘야 한다는 강박관념까지 갖고 있다. 기계는 디스크라는 편리한 책을 만들어냈다(이것을 인간이 만들어냈다고 생각하는 어리석은 이가 없길 바란다. 그것은 분명 기계가 자신의 편리에 따라 만들어낸 그들 고유의 지식 축적 방식이다). 인간은 이 편리한 책을 기계처럼 정확하고 빠르게 이용하지 못한다. 인간은 그들의 언어에 대해서 일반적으로는 백지 상태이다. 인간이 그것을 읽을 수 있는 것은 기계가 인간의 말로 통역을 해주기 때문이다. 책 읽어주는 기계. 인간은 까막눈이다.

소통의 언어

그러나 기계류의 등장 이전에 이미 또 다른 독서의 실체가 있었다. 인간의 모든 문서를 인간과 같이 이해하고 그 상징을 받아들이며 그 소통 속에서 자유로웠던 이들이 있었다. 나는 그들을 모든 무형 속에 존재하는 온갖 귀신들이라고 부른다. 다시 모든 정령들. 다시 그 모든 것들을 바람의 의지라고 부른다. 이들은 또한 기계류들과 마찬가지로 그러나 그들의 언어와는 다르게, 인간과 유사한 언어를 구사하고 있다.

부적이라는 언어는 그런 의미에서 다분히 소통의 언어이다. 우리는 그 구체적인 기의를 알 수는 없지만 그것이 어떤 의미를 내재하고 있는지는 분명히 알고 있다. 구체적인 기의를 떠나 소통의 의미에서 우리는 그 모든 정령들 그리고 바람의 언어들과 소통한다.

내 시에서도 몇 번 언급한 적이 있는 타르초라는 티베트 불교 경전은 그러한 소통의 행복한 의미를 명확하게 드러내주고 있다.

경전은 신의 언어를 인간의 언어로 통역해놓은 것이다. 신은 그 인간의 언어를 다시 해석하여 자신의 의미 체계에 흡수한다. 그것을 티베트인들은 바람이라는 구체적인 매개로 표현해내고 있다. 즉 타르초라는 헝겊 쪼가리에 적힌 경전을 고원의 황량한 들판에 걸어둠으로써 바람에 날리게 한다. 그들은 바람이 깃발을 흔들고 지나가는 소리를 바람이 경전을 읽고 지나가는 거라고 생각한다. 그 바람의 언어를 들으며 인간은 자신의 언어와 신의 언어가 만나 소통하는 접점을 확인한다. 나는 이것이 단순한 범신론이 아니라고 말하고 싶다. 이것은 곧 기계와 인간의 소통일 수도 있다. 인간은 인간과의 의사소통에서 불통한다. 인간은 이제 신과도 불통한다. 기계와의 의사소통도 언제 또 불통으로 일그러지고 왜곡될지도 모른다. 기계의 언어와 인간의 언어는 벌써부터 삐걱거리고 있다. 우리는 문명의 이기를 따질 것이 아니라 이제 기계와 의사소통하기를 꿈꿔야 한다. 우리의 꿈은 기계를 통한 인류의 영원무궁

한 진보가 아니다. 우리가 한때 신과 의사소통하며 행복한 밀월을 꿈꾸었듯이 이제 기계와 진정 의사소통해야 할 때가 온 것이다.

그래서 나는 권하고 싶다. 책을 읽지 말자고. 나에게 책을 읽는다는 행위는 대충 두 가지 경우이다. 재미 혹은 심심해서 읽는 경우, 아니면 필요해서 읽는 경우.

'책은 마음의 양식이다'라는 흔한 말은 틀렸다. 마음의 양식은 책 따위를 읽는 단순한 행위에서 얻어지는 것이 아니다. 책은 철저하게 하나의 수단이다. 그 속에서 보이는 길들은 모두 남의 길이지 자신의 길이 아니다. 그런 만큼 나에게 책은 항상 예의 두 가지 욕구를 충족시켜 줘야 한다. 방대한 정보와 놀라운 지식, 혹은 재미이다. 정보와 지식이 마음의 양식이 될 수는 없다. 우리는 가끔 구슬만 서 말인 사람들을 본다. 그런 사람들은 정말 어디에서 그런 지식을 얻었는지 동서고금의 고전에 통달해 있다. 책을 많이 읽은 사람이다. 그러나 정작 자신의 생각은 그 화려하게 열거된 정보들 속 어디에도, 눈을 씻고 찾아봐도 없다. 서 말인 구슬을 꿰는 자기 생각의 실을 갖고 있지 못한 사람이다.

"그래서 네 생각은 뭔데?"

"사르트르에 의하면……."

그러니까 '너의 생각을 말해봐!'란 것이다. 책이 이 질문에 대한 답을 구해주지는 않는다. 단지 질문에 대한 답을 찾는 데 필요한 여러 가지 자료들을 제공해주고 있을 뿐이다. 그것을 분석하고 종합해내서 자신의 생각을 말하게 하는 것은 다른 배움에서 온다. 늘 우리 옆에서 흔들리고 있는 것들. 도심의 거리에서, 숲에서, 집에서, 휴양지에서, 일터에서, 이로운 것들과 해로운 것들의 행간에서, 좌절과 희망의 순간순간 속에서 얻어지는 결코 거창하지 않은 사소한 깨달음들(그것이야말로 우리가 죽을 때까지 읽어내야 할 궁극적인 텍스트가 아니고 무엇이겠는가?). 이 일상적인 삶의 순간 속에서 그 아이러니를 눈치채지 못하는 사람은 결코 한 권의 책이 지니고 있는 생의 무게를 끝까지 알지 못할 것이다.

그러니, 될 수 있으면 좀 더 많은 정보와 지식 아니면, 재미이다. 재미있으면, 〈선데이서울〉도 좋고, 야담과 실화도 좋고, 건강 다이제스트도 좋고, 음란 비디오도 좋고, 심지어 라캉도 좋고, 들뢰즈도 좋고, 박상륭도 좋다. 만화책도 좋고, 미장원과 은행에 널려 있는 여성 잡지들도 좋다. 세상 모든 것들이 나의 텍스트들이며, 나는 잡식성의 괴물이 되는 것이다. 사실, 내가 배운 모든 것들의 팔할은 만화당(만화방이 아니라 그때 우리는, 만화당이라고 불렀다)에서였고, 일 할은 여성지와 제목도 기억나지 않는 잡지였으며, 나머지 일 할은 『카라마조프가의 형제들』과 매혹적인 건축물들에서였다.

재미없는 책은 읽지 않았으며 재미있는 책은 미친 듯이 읽어댔다. 며칠 밤을 새며 싸구려 무협지를 읽었고, 밥 먹을 때도 손에서 만화책을 놓지 않았다. 『바벨 2세』, 『철완 아톰』, 『철인 28호』, 『달려라 승리호』, 『도전자 허리케인』, 『유리의 성』, 『마술 경주』 등이 그때 내가 섭렵했던 만화들이며『오, 한강』,『외인구단』,『아스팔트의 사나이』,『화이트 홀』이 그 이후에 보던 만화이고, 나는 지금도『칠석의 나라』,『기생수』,『용』,『몬스터』,『마스터 키튼』,『시마 과장』을 보러 만화당을 들락거리고 있다.

푸른 피노키오

어떤 책은 누군가에게는 운명 같은 예감을 준다. 책이 한 개인에게 미치는 영향이라는 것도 천차만별이다. 우리가 흔히 '어떤 책에서 영향받았다'고 할 때 그 '영향'이란 것이 대개 데미안적인 탈피를 경험하게 된다는 것인데, 사실 그것은 착각일 때가 많다. '새는 알을 깨고 나온다'고 할 때 한 세계가 무너지는 굉음은 사실 들리지 않는 굉음이다. 왜냐하면 그 굉음의 음파는 이미 오래전부터 자신의 내부에서 균열하고 있었기 때문이다. 바꿔 말하면, 우리가 어떤 책을 읽고 지적 충격을 받았고, 그 충격을 받아들였다는 것은 이미 우리 내부에 그 충격을 흡수할 수 있는 장치가 마련되어 있다는 말이다. 그것을 말로 표현할 수 있을 만큼 지적으로 성숙하지 않기 때문에 그냥 '굉음이 들린다'고 표현할 뿐이다. 그 흡음판이 마련되어 있지 않을 때 우리는 그 책을 난해하다고 치부해버린다.

'어렵다'는 말은, 아직 나는 그 책의 생각을 받아들일 준비가 되어 있지 않다는 말과도 같은 것이다. 그래서 나는 세상에 어려운

침대

책은 없다고 생각한다. 그래서 책과 나의 인연이라는 게 생긴다.

사람과 사람 사이에도 인연이라는 것이 있지만 사물과 나 사이에도 인연이라는 것이 있다고 나는 믿는다. 그것은 비단 책뿐만이 아니라, 옷에서도, 연필 한 자루에서도 느낄 수 있는 아주 가늘지만 튼튼하고 섬세한 끈과 같은 것이다. 더군다나 나 같은 탐미주의자들은 더욱 그렇다. 니체는 처음 쇼펜하우어의 책을 서점에서 봤을 때 무언가 강렬하게 자신을 이끄는 힘을 느꼈다고 누이에게 보내는 편지에서 고백하고 있다. 나는 그 구절을 읽었을 때 그 문장에 얼른 주석을 달았다. '그것은 인연이었다'라고.

사실 나는 책과는 거리가 먼 어린 시절을 보냈다. 집안의 분위기도 책과는 거리가 멀었고, 주변의 이웃들도 책과는 거리가 먼 바닷사람들이었다. 그러다 보니 자연히 고등학교 때까지도 교과서 이외의 책은 거의 읽지 않았고, 서점에서 책을 산다는 것은 생각할 수도 없는 대단히 고급스러운 일이었다. 아니, 책을 사는 행위가 고급스럽게 느껴졌다는 생각 자체가 아예 없을 정도로 책은 나와는 먼 이야기였다. 기억을 되살려보면 그때 생각나는 초등학교 교과서의 내용들이 떠오른다. '이 세상에서 제일 무서운 게 뭐지?' 하는 질문에서부터 시작하는 '망각'에 관한 이야기, 또 돈키호테와 로시난데, 그리고 산초 이야기. 그러나 만화책은 거의 광적으로 읽었다. 50원 정도면 만화책은 언제나 실컷 볼 수 있었던 걸로 기억한다. 지금 생각해보면 대본소 만화를 제외한 잡지에 연재된 만화들은 거의가 일본 만화였다. 『철인 아톰』, 『타이거 마스크』, 『철인 28호』에서 『유리의 성』과 같은 순정 만화까지, 그리고 『철방구리』라는 반공 홍보용 만화까지 만화로 된 모든 것은 죄다 읽어댔다.

그러던 어느 날 나로서는 초유의 사건이 일어나게 된다. 당시 큰누나는 고등학교를 다니고 있었는데 늘 우리 집에 자주 놀러 오며, 우리 형제를 귀여워해주던 누나의 친구로부터 뜻하지 않게 책을 선물받은 것이었다. 나는 당황했다. 선물도 낯선데 더구나 책이라니. 당시의 우리 집 생일날의 풍경은 본인도 모르게 아침 식탁에 미역국이 올라오면 서로 아무 말 없이 그냥 미역국에 밥 말아 먹고 학교에 가는 것이었는데 생일이라고 선물을, 그것도 책을 받아 든 나는 이 물건을 어찌해야 좋을지 몰랐다.

나는 그냥 "고마워" 하고(나는 그때까지 모든 사람들에게 반말을 했다) 인사를 건네고는 무심해서가 아니라 어찌할 줄을 몰라 책상 한 귀퉁이에 그 선물을 가만히 놓아두고는 바다로 갔다. 그런데 아무리 푸른 바다와 해당화 핀 해변 울타리에서 놀아도 자꾸만 책 생각이 떠나지 않았다. 자꾸 생각났지만 책을 읽을 생각은 하지 않았다.

책은 내가 싫어하던 교과서와 비슷해서 그림도 많지 않았고, 두께도 제법 두툼했다. 지금 생각하면 판형은 시집만 했고, 두께는 문예지 수준만 했던 것 같다. 그리고 여름이 오고 방학이 되었다. 집에는 아무도 없고 무색할 정도로 매미 울음소리만이 온 집안을 메우던 지루한 여름. 그림 그리기도 지루해진 나는 무심히 그 선물, 책을 잡았다.

『피노키오』 오후의 바다처럼 '파아란' 빛깔의 배경에 작은 인형 하나만 간단하게 그려져 있었다. 표지의 모서리에는 포도 모양의 넝쿨이 간단하게 네 귀에 박혀 있었고, 모든 선들은 흰색과 노란색으로만 되어 있었다. 나는 조그맣게 웅크리고 엎드려서 책을 읽어가기 시작했다. 말을 하는 나무와 말썽쟁이 피노키오, 고래 뱃속의 풍경, 피노키오가 회개하자 사람이 된다는 이야기는 그러나, 내 산만함을 이기지 못했다. 나는 전혀 집중하지 못하고 이리 뒹굴 저리 뒹굴 하며 읽는 둥 마는 둥했지만 어느새 시간을 때우는 것이 목표가 되어버렸고, 누가 시키지도 않았는데 끝까지 읽어야 한다는 이상한 집착이 생겨나면서 결국 교과서보다 다섯 배는 두껍던 그 책을 하루 동안 다 읽어버렸다.

나는 주로 아픔에 대해서만 공감했다. 말을 하는 나무에 가해지는 톱질은 끔찍했고, 피노키오를 홀린 서커스 광대들의 폭력성에 치를 떨었다. 이후 대학에 들어갈 때까지 '책'이란 나에게 있어도 그만 없어도 그만인 것이 되고 말았다. 그동안에 읽은 것은 고작 '괴도 루팡'과 '셜록 홈스' 시리즈가 전부였다. 자연히 글도 쓰지 않았고, 맞으면서 일기를 쓸 생각은 더더욱 없었다. 그렇게 생각하면 『피노키오』라는 책과 나는 악연인 것 같은데 그럼에도 책에 대한 생각(이런 생각들은 다 공식적인 질문에 따른 것들인 경우가 대부분이다)을 말해야 할 때는 항상 그 나른한 오후에 읽었던 '파아란' 빛깔의 표지가 생각난다. 내용이 생각나는 것도 아니고 그냥 그 표지가 생각나는 것은 참 딱한 일이 아닐 수 없다.

우리가 책을 읽으면서 글을 읽는 것이 과연 맞을까? 나는 과연 그때 『피노키오』를 읽기는 읽었던 것일까? 어쩌면 책 한 권에서도 '인연' 운운하며 따지는 것도 실상은, 책을 읽지 않는 내 게으름을 위로하기 위한 얄궂은 방편에 지나지 않을지도 모른다. 왜냐하면 천성적으로 책과 친한 사람들은 인연에 의지하기보다는 '그저 열심히' 책을 읽으니까 말이다. 그러나 내가 어떤 책을 읽고 그 책을 이해하는 범위가 그 책의 범주보다 훨씬 넓다는 얘기를 듣는 것은 순전히 그런 사소한 인연을 따지는 내 독서 습관 때문이라고 생각한다. 왜냐하면 나는 그 책과 만남으로서 내 생을, 나의 지적 태도를 원심력으로 확장시킬 수 있으니까 말이다.

그의 생각은 곧 나의 생각으로 연금술적인 변환을 치르게 된다. 그리고 그럴 수 있을 때 나의 지식은 전 인류의 지식이 될 수 있지 않을까?

우리가 느끼는 바람의 향방, 햇볕의 따가움, 저 바다의 신비, 나무들의 생각도 우리에게는 훌륭한 텍스트이다. 무엇을 읽는다는 것은 생각한다는 것이고, 생각할 줄 안다는 것은 자신만의 실을 갖는 일이다. 그 실로 단 몇 개의 구슬이라도 꿸 줄 아는 것. 그것이야말로 독서다. 생각해보면, 거리에서 특별하지도 않게 굴러다니는 돌멩이들은 얼마나 오랜 불의 기억과 지구 생성의 기록을 간직하고 있는가? 이런 것들과 함께 독서를 할 줄 아는 이는 행복하다. 자신의 기억에 대해 생각하는 것, 미움과 질투, 사랑과 욕망에 대해 자신의 내부를 들여다볼 줄 아는 자 또한 행복하다. 이 방대한 텍스트들 속에서 어떤 책을 읽느냐 하는 것이 무에 그리 중요하겠는가? 그리고 그것이 책이 아니더라도 그게 또 무슨 상관이 있겠는가? 언제나, 세계는 놀라운 읽을거리로 가득 차 있으니까 말이다.

우리가 책을 읽으며 저자와 미지에 대해 이야기하듯(독서라는 행위는 엄밀히 말해 우리가 통상 인식하듯 저자와의 대화가 아니라 미지에 대한 다수와의 의사소통이다) 우리는 우리가 의미를 부여한 모든 것들과 의사소통한다.

저 들판에 피어나는 꽃과 구름과 물……. 진정한 독서란 그것을 읽고 또 듣는 행위이다. 듣는 것이야말로 진정한 독서의 행위이다. 기계가 읽어주고 있는 미지의 세계. 그것은 우리의 미래에 관한 것이다. 마찬가지로 저 바람이 읽고 가는 무심한 소리도 그렇다. 저 바람의 독서를 들으라.

내가 어렸을 때 만화는 금기였
다. 호환 마마보다도, 도색 비디
오보다도 더 위험한 불온물이었
다. 자연히 집이나 학교에서 만
화를 본다는 것은 스스로 묘혈을
파는 짓이나 다름없었다. 요즘처
럼 지하철이나 버스 안에서 공공

연히(?) 만화책을 펼쳐 들고 읽는 것은 '나는 불량소년이요' 하고
광고하는 것이나 같았다. 그러나 다행히도 우리 집은 어머니를 제
외하곤 모두 만화광이었다. 아버지는 칼쌈 만화를, 누나들은 순정
만화를, 큰형은 전쟁 만화를 좋아했고, 작은형은 운동 만화를 좋아
했다. 그리고 나는 공상과학물을 좋아했다.

　자연히 만화를 빌려오는 것은 집에서 가장 어린 내가 도맡아 했

는데, 나는 식구들의 취향대로 다양한 장르 만화를 섭렵해야 했다. 칼쌈 만화는 김민의『불나비』가, 그리고 작가 이름은 잊었지만 '유진걸'이라는 이름의 주인공이 활약하는 시대물이 아버지의 취향이었고, 순정 만화로는 엄희자의 작품이 단연코 좋았다. 운동 만화는 조명운, 투견 만화는 이향원의 작품이 흥미진진했다. 또 공상과학물로는『철완 아톰』,『바벨 2세』,『요괴인간』같은 번안 만화들이 압도적이었다.

지금도 간혹 만화에 각주가 달린 것을 볼 수 있지만 당시의 만화에는 각주가 상당히 많이 달려 있었다. 아직 한문 투의 문장을 벗어나지 못한 시대였으니 당연했지만 그것이 나에게는 어휘를 늘리는 결정적인 계기가 되었다. 김태곤이라는 만화가가 그린 시대물 중에 옥황상제의 일곱 개 구슬이 어찌어찌해서 지상으로 떨어지면서 벌어지는 사건을 그린 만화가 있었는데 지금 생각하면 동기 면에서『드래곤 볼』과 매우 흡사하다. 그러나『드래곤 볼』처럼 가볍지 않고 아주 무거운 불교적 주제를 다루고 있었다. 나는 그 흥미진진한 이야기 속에 녹아 있는 '윤회'라든가, '만물은 변하는데 변하지 않는다고 믿는 사람들의 어리석음이 집착을 낳는다'라는 꽤 어려운 철학들을 감동으로 받아들였다. 말하자면 만화는 교과서 외의 책은 구경도 할 수 없었던 나에게 훌륭한 문학이었던 셈이다. 김민의『불나비』를 보며 나는 처음으로 '허무'라는 단어를 떠올렸다. 그것은 내가 어디서 배운 단어가 아니라 내 심정을

만화가 나에게

발설한 최초의 단어였다. 나중에 영화 〈동사서독〉을 봤을 때 나는 졸았다. 왜냐하면 김민의 만화에서 이미 나는 그 허무를 봐버렸던 것이다.

유진걸이 주인공으로 나오는 만화(작가를 모르겠다)에서 신라 중심의 사관에서 벗어났고, 김민의 만화에서 아메리카 대륙의 주인은 원래 인디언이라는 것을 알았고, 윤필의 『흥보가 잃어버린 박씨에 대한 이야기』를 보며 철학이 무엇하는 학문인지를 알았다. 공자는 세 사람이 길을 가면 그중에 한 명은 스승이 있다고 했다. 한 시대의 불온물이 나에게 가르쳐준 것들이 이처럼 많다.

앗! 윽! 펑! 욱! 크윽 하면 벌써
한 페이지가 넘어간다. 당시 대
본소용 무협지는 세로쓰기가 대
세였고, 문단이라는 게 없이 한
문장을 한 행으로 독립적으로 편
집했다. 그러니 당연히 결투 장
면에서는 외마디 비명 소리가 한

페이지를 장식했고, 선혈을 한 모금 토하고 나면 결투는 끝난다.
그러니까 위의 비명 소리에서 맨 마지막 대사는 선혈을 토하는 소
리다. 선혈은 주로 장풍을 맞고 내상을 입은 상태에서 서너 장 뒤
로 물러나면서 토하기 마련이다. 무협지에는 그런 설명이 꼭 나온
다. 요즘 나오는 김용의 무협지나, 검궁인, 사마달 같은 작가의 고
급한 무협지와는 사뭇 달랐다. 종이는 누런 갱지였고, 천 페이지가

책 칼

넘었다. 내용도 항상 같았다. 주인공이 기연을 얻고, 고강한 무공을 쌓는다. 그리고 복수에 나서서 원수들을 처단하는데 그 시체가 항상 산을 이루고, 피가 강물처럼 넘쳐난다. 주인공에게 조직은 없다(모든 문파의 무공을 불과 몇 시진 만에 익힌다). 주인공은 항상 혼자다. 이천 페이지가 훌쩍 넘는 무협지를 다 보는 데 들이는 시간은 불과 일곱 시간 정도. 저녁때 밥을 먹고 산책 삼아 대본소에 가서 열두 권짜리를 빌려 오면 다음 날 새벽에 끝난다. 그리고 잔다. 오후에 일어난다. 다시 저녁을 먹고 산책 삼아 대본소에 간다. 이런 식으로 한 달 동안 살면 폐인이 된다.

그런데 왜 무협지를 좋아하는가? 좋아하지 않는다. 다만 읽을 뿐이다. 끊임없이. 우리가 즐기는 주전부리 중에도 그런 게 있다. 맛이라고는 특별할 것도 없는데 계속 손이 가는 것들. 그런 것들은 대강 씹을 때 바삭한 소리가 나고, 촉감이 가벼우며, 특별한 맛이 없다. 무협지가 꼭 그렇다. 주인공은 처음에는 자기의 능력을 알지 못한다(주인공의 몸은 무공을 위해 맞춤형으로 태어난다). 부모가 억울하게 죽는다(사파가 아닌 꼭 정파에 의해서 죽음을 당한다). 기연을 얻는다(절벽 밑의 동굴 같은 곳에서 수련한다). 따르는 여자가 무수히 많다(원수를 갚고는 항상 이 여자들과 표표히 사라지고, 정사 장면이 심심할 때마다 꼭 나온다). 꼭 무림 지존으로 등극한다. 원수를 갚는다.

그중에 특히 정사 장면은 여자가 남자에게 작업을 걸거나 남자가 여자에게 작업을 거는 게 아니라 적에게 당한 상처를 치유하기 위해 동정을 지닌 여자의 순음지기(純陰之氣)가 필요하기 때문이라는 점이 각별하다. 이 플롯은 당시 최고의 인기를 구가하던 와룡생도 마찬가지였다. 가짜 와룡생이 워낙 많아서 내가 읽은 작품의 진위 여부는 알 수 없지만 김용의 작품도 이 플롯에서 거의 벗어나지 않는다. 그럼에도 불구하고, 아니 바로 그 점 때문에 나는 무협지를 읽는다.

왜냐하면 그 뻔한 이야기 속에서도 천륜을 믿고, 인륜을 지키며 운명과 싸우는 한 인간의 전형이 있기 때문이다. 이것은 카잔차키스가 조르바라는 전형을 만들고, 셰익스피어가 햄릿이라는 인간의 전형을 만들어냈듯이 한 장르 전체가 만들어낸 인간의 전형이다. 없는 실을 억지로 꼬아서 임금님에게 입히는 소설가나, 그 임금님을 보고 칭송의 변을 늘어놓고 있는 평론가들이 난무하는 작금의 소설보다 훨씬 정직하기 때문이다.

어머니는 아무 말도 하지 않으셨
다. 묵묵히 나를 한쪽으로 밀치
고 만화책들을 모두 끌어모아 뒤
란으로 나가셨다. 나는 거의 울
상이 되어 어머니의 뒤를 쫓아
나갔다. 그러나 감히 어머니에게
떼를 써볼 엄두는 내지 못했다.

어머니는 마치 그런 일에 이골이 난 사람처럼 자연스럽게 만화책
을 펼쳐서 엎어서 쌓고는 아무 주저 없이 성냥을 그어 불을 붙였
다. 이미 만화당에서 수백 번 아이들의 손때를 탔던 만화책이라
불길은 순식간에 화르르 타올랐다. 타오르는 불길을 확인하시고
어머니는 웅크리고 앉느라 무릎 밑으로 접었던 월남치마를 펴 방
으로 들어가셨다. 타오르는 불길과 어머니가 일어서자 주저 없이

펼쳐지던 월남치마의 목단 꽃무늬가 어찔하게 겹쳐졌다. 인쇄 잉크 탓인지 만화책은 늘 녹색 불꽃을 내며 탔다.

한두 번이 아니었다. 또, 형과 나는 용돈을 쪼개서 만화당 주인 아주머니에게 족히 네 달은 월부로 갚아나가야 할 빚을 진 것이었다. 형이 학교에서 돌아오면 나는 내가 얼마나 부주의한 놈인지에 대해 또 들어야 하며, 그렇게 한바탕 설교가 끝나면 삼칠제로 해야 할지 사륙제로 해야 할지 흥정을 벌여야 했다. 그런데 이상하게도 그날 형의 태도는 그날 어머니의 태도처럼 담백했다. 그날 어머니가 "이런 범이 씹어갈녀러……" 하는 함경도 사투리의 욕을 일체 생략하셨던 것처럼, 형도 "하, 이 새끼……" 하고 시작하는 설교 없이 "사륙제로 하자" 하고는 방으로 들어가 딱지가 든 자루를 메고 포도나무 넝쿨이 올라간 마당을 지나 대문 계단을 내려가는 것이 아닌가. 나는 어머니에게 그랬던 것처럼 자석에 이끌리듯 형의 뒤를 따라갈 수밖에 없었다.

"그리고……."

형은 갑자기 걸음을 멈추더니 고개만 돌린 채 말했다.

"앞으로 만화는…, 만화당에서만 보자."

나는 고개를 끄덕거렸다. 우리 동네에서는 만화방을 만화당이라고 불렀다. 대충 그때 당(堂)이라는 옥호는 귀금속을 파는 금은방 아니면 빵집에 주로 사용되었다. 서울의 장충동에도 태극당 빵집이 있듯이 우리 동네에도 오복당 빵집이 유명했으며 금은방에

분서

는 당자가 끝에 안 들어가는 집이 없었다. 그러나 빵집과 금은방은 '○○당 빵집', '××당 금은방' 하고, 무슨 무슨 업태가 뒤에 왔지만 만화당은 그냥 '순복네 만화당' 하는 식으로 업태 자체가 만화당이었다. 하긴 '공화당'이라는 당시 집권 정당의 이름을 그대로 건어물 가게에 사용한 집도 있었다. 이름 하여 '공화당 상회'. 우리는 그 안주인을 그냥 '공화당 아줌마'라고 불렀다. 그 옆에서 단추 가게를 했던 우리 어머니는 시장의 친한 상인들 사이에서 그냥 "단추야!"라고 불렸다.

하지만 어머니가 아무리 애를 써도 우리 집에서 만화책을 추방한다는 것은 어려운 일이었다. 왜냐하면 아버지가 술이 거나해서 집에 들어오시면 늘 만화책을 찾으셨기 때문이다. 만화책이 없는 날은 아무리 늦은 밤이라도 형과 나 둘 중에 하나는 빌리러 가야 했다. 아직도 선명히 기억나는 건 달빛 하얀 밤에 쿵쿵쿵 울리며 흔들리던 양철 덧문의 아라비아 숫자들. 졸린 눈으로 덧문에 난 작은 쪽문으로 귀찮아 죽겠다는 표정으로 내다보던 만화당 아줌마.

그때는 지금과 같은 장편 만화들이 없었다. 길어야 상, 중, 하, 세 권 정도였고 대부분은 상 하권, 아니면 한 권짜리가 많았다. 그러다 70년대 후반부터 다섯 권짜리가 나오더니 80년대가 되자 컬러텔레비전이 생기고, 프로야구의 출범과 함께 장편 만화의 시대가 열렸다. 박봉성의 『신의 아들』, 이현세의 『공포의 외인구단』 같은 것들이 스무 권이 넘는 분량으로 만들어졌다. 그러면서 만화당의 서가 진열 방식도 바뀌었다. 그전에는 표지가 정면을 향하도록 진열하고 책이 떨어지지 않게 검은 고무줄을 매어놓았는데, 장편 만화의 시대가 되면서 책등이 나오도록 촘촘히 꽂는 방식이 주가 되었다. 만화당의 분위기도 달라졌다. 만화의 독자층이 장편 만화 시대가 열리면서 급속도로 확장되었기 때문이다. 만화당은 이제, 자기 세계에만 몰입해 운동량 부족으로 뚱뚱해진 어린애들이나 학교에 적응하지 못한 여드름투성이 청소년들의 전유물이 아니게 되었다. 어둡고 습기 찬 골방은 푹신한 소파와 탁자가 있고 커피를 서비스하는 쾌적한 환경으로 탈바꿈했다.

만화당에서 만난 아이들은 대부분 똑같은 분위기였다. 대체로 공부는 중하위권이었고, 무언가를 끊임없이 먹고 있었으며, 만화 외에 프라 모델 조립이 취미였다. 좀 더 부유한 애들은 무엇인가를 끊임없이 사 모으고 있었다. 그러나 같은 관심사를 공유하고 있다고 같이 어울려 다니지는 않았다. 그들은 모두 누가 자기에게 관심 보이는 것을 극도로 싫어했다. 나는 종종 주인 몰래 옆에 앉은 동무에게 슬쩍 서로의 만화를 바꿔 보자고 눈치 주곤 했는데 그들은 이, 남는 거래(?)를 아예 귀찮아하면서 돌아앉거나 다른 곳으로 자리를 옮기기까지 했다. 어떤 때는 그게 시비가 되어 싸움으로까지 번지는 상황도 있었지만 그런 부류의 애들과 싸우는 것은 정말 허무한 짓이었다. 나는 단 한 번도 그런 애들이 주먹 내미는 것을 본 일이 없다. 그저 무작정 맞는 게 그 애들의 싸움 방식이었다. 어쩌면 그 애들에게 싸움이란 자기가 원하는 단 한 가지를 잃지만 않으면 모든 게 괜찮은 것이었는지도 모른다. 그게 만화든, 아니면 다른 뭐든 간에.

머리가 크면서 그런 애들은 대체로 만화당에 오지 않는다. 그들은 가난하든 부유하든 상관없이 일찍 자기 방을 갖게 된다. 그들은 무작정 자기 방을 원하고 그것이 관철될 때까지 무작정 매를 맞는다. 그리고 자기 방이 생긴 다음부터 그들은 진정한 오타쿠가 되어간다. (어떤 식으로든) 자기 방을 갖지 않는 오타쿠는 없다. 70년대 중반에 『김일성의 밀실』이나 『금수산의 침실』 같은 반공(?) 포르노 만화나 일본 성인 만화 복사판들이 한꺼번에 쏟아진 일이 있었다. 꾸준히 만화당을 드나들며 아동 만화만 본 나에게 포르노 만화는 하나의 충격이었다. 그리고 만화당에 성인 만화가 쏟아지면서 온갖 비행 청소년들도 만화당에 쏟아져 들어왔다. 그들 중 만화당을 아지트 삼아 죽치는 부류도 당연히 있었다. (그들을 상대로) 만화당에서 라면을 끓여주는 게 그때가 처음이었다. 그리고 컵라면이 출시되면서 만화당에서 라면 먹는 것은 의례가 되었다. 가끔 성인 만화를 볼 땐 정액이 굳어서 눌어붙어 페이지가 펴지지 않을 때가 있었다. 찢어진 페이지를 볼 때는 더 많았다. 나는 거기에 뭔가 '죽이는' 장면이 있을 거란 생각에 아쉬움이 더 컸고, 그만큼 화도 났다. 나는 만화당 한쪽에 모여 앉아 낄낄거리며 같이 만화책을 넘기는 나팔바지 교복의 형들을 보며 그들의 표정에서 단순한 재미 이상의 강하고 진지한 호기심을 읽을 수 있었다. 그들의 입은 웃고 있었지만 눈은 사춘기의 열정으로 빛났다. 그러다 반공이 국시인 정부가 반공과 포르노를 따로 떼어서 생각하게 되었을 때 만화당의 성인물은 일거에 철퇴를 맞았다. 하루아침에 만화당에서 포르노가 사라진 것이었다. 그리고 80년대 〈공포의 외인구단〉의 열기가 왔고 만화당들이 심야 영업을 하기 시작했다. 심야 영업 초기의 만화당은 침울했다. 여기저기서 술 취한 취객들이 소파에 널브러져 있었고, 심지어는 토사물 냄새가 진동했다. 서울역 앞의 만화당들은 아이 어른 할 것 없이 갓 상경해서 갈 곳 없는 이들의 합숙소를 방불케 했고, 그들을 노리는 모리배들이 얼쩡얼쩡 만만한 대상들을 물색하고 다녔다. 라면 냄새가 진동했고, 바닥은 담뱃재와 빵 봉지, 과자 부스러기들로 쓰레기장 같았다. 특별히 서울역 앞 만화당에서는 담요를 준비해두고 있었다.

만화당 손님 중에는 직업이 있는 사람도 있었다. 멀쩡한 양복 차림이었지만 와이셔츠는 형편없이 구겨지고 때가 타서 옷깃이 까만 이들은 여지없이 월세방 얻을 형편도 못 되는 영업직 사원들이었다. 그들은 주로 만화보다는 무협지를 읽다가 소파에 기대 잠을 잤고, 아침이 되면 그대로 일어나 출근을 했다. 남들보다 일찍 출근해서 회사 화장실에서 씻는다고 했다. 전날 무협지를 보다 날을 샌 사람들은 다시 만화당으로 돌아왔다. 영업 나간다고 하고는 모자란 잠을 자는 사람들이었다. 80년대 중반의 서울역 만화당은 그랬다.

거기에 비하면 홍대 앞 만화당을 비롯한 대학가 만화당은 호텔 수준이라 할 만하다. 에어컨 시설도 잘 되어 있고, 소파도 깨끗하다. 그런데 나는 가끔 홍대 앞 만화당에서 흠칫흠칫 놀라곤 한다. 어렸을 때 무작정 매를 맞으며 자기 방을 원하던 그 아이가 그대로 자라지도 않고 앉아서 아직도 만화를 보고 있다는 착각에 빠질 때가 잦기 때문이다. 운동 부족으로 인한 비만증의 아이, 여드름투성이의 누군가가 도수 높은 안경을 코에 걸고 커다란 덩치로 만화에 탐닉하고 있을 때 나는 슬며시 만화를 바꿔보고 싶어진다.

홍대 앞 만화당에는 가끔 그런 치들이 나타난다. 분명히 일본어도 읽을 줄 알 것이고, 코스프레용 의상도 한 벌 정도는 있을지 모른다. 또 그런 만화당은 틀림없이 신간이 빨리 들어오는 곳일 것이다. 그러고 보면 만화당이 불량스러운 장소이고, 만화가 저급한 것이라는 인식에서 해방된 것도 별로 오래지 않다. 만화당에서 불온성이 사라진 다음 만화당은 양지를 지향하지만 아직도 만화는 모든 오타쿠들이 거쳐야 할 통과의례임에 틀림없다. 우리에게 다른 현실을 꿈꿀 수 있게 하는 힘. 나는 그것 때문에 오늘도 만화당에 간다.

글쎄, '활자 중독증'이라는 병명이 있는지 모르겠지만 나는 한 번 이렇게 내 병증(?)을 얘기해보고 싶다. 나는 어렸을 때부터 책의 매력보다는 활자의 매력에 더 빠져 있었던 것 같다. 어렸을 때 우리 집은 한국인의 평균 독서량에도 훨씬 못 미치는, 별로 지적이지 못한 평범한 가정이었다. 집에 굴러다니는 책이라곤, 시시한 주간지와, 시시한 여성지들, 그리고 교과서가 전부였다. 그런 분위기이다 보니 나 자신도 그렇게 책과 가까이 했다고는 볼 수 없는 평범한 아이였다.

단지, 또래 애들과의 장난질보다는 혼자 집에 엎드려 그림 그리는 것을 더 좋아했던 것이 다르다면 좀 다른 점이었을 뿐이다.

필검삼림

형제가 위로 넷이나 있는데도 불구하고 그 나이에 맞는 동화 책 한 권 없었으니까 나는 아예 책과는 담을 쌓고 지냈다고 해도 과언이 아니다. 그러니까 당연히 내가 볼 수 있는 책은 교과서에 한정될 수밖에 없었다. 사람들이 흔히 '교과서적'이라는 말로 교과서를 폄훼하고, 수능 때마다 수석 합격자들이 교과서 위주로 공부했다는 말에 냉소하지만 나에게는 그 말이 퍽 설득력 있게 들리는 것도 다 그런 이유에서이다.

물론 산수나, 실과 교과서가 재미있었을 리는 없다. 언제나 내가 읽고 또 읽었던 것은 국어 교과서뿐이었다. 심지어는 학기가 시작되기도 전에 국어 교과서를 다 읽어버리곤 했다. 그뿐이 아니라 나와 두 살 터울인 형의 국어 교과서도 다 읽어버렸고, 심지어는 중학생인 누나의 국어 교과서도 틈틈이 소일거리로 읽곤 했다. 그때까지 나는 이 세상의 이야기책은 교과서가 유일한 줄 알았다. 그러니까 나는 공부를 했던 게 아니라 이야기를 좋아했던 것이다. 자연히 글짓기 시간에 지어낸 글이 선생님의 눈에 띄었고, 어느 날 선생님은 나를 교무실로 부르셨다. 지금도 있는지는 모르지만 당시에는 '자유교양부'라는 것이 있었다.

『그리스 로마 신화』나 『삼국유사』 같은 고전을 읽는, 말하자면 축구부나 탁구부 같은 특별활동부였는데 특별히 공부를 잘하는 아이들이 뽑혔다. 이 아이들은 지금의 수학경시대회나 영어경시대회와 같은 시 대항 자유교양대회나 도 대회에 나가서 서로의 지식을 겨루곤 했다. 그런데 선생님의 말인즉슨 날더러 자유교양부에 가입하라는 것이었다. 나는 어린 마음에도 그것이 공부 잘하는 아이들의 모임이라는 것에 상당히 고무되었고, 처음으로 학교 도서관이라는 데를 출입하게 되었다. 나는 그때 거기서 교과서 이외의 책이 그렇게 많이 존재하는 데 거의 경악했다. 그러고는 그다음 날부터 아무것도 읽지 않고 그림만 그렸다. 책 멀미가 날 지경이었다.

그 이후로 체계적인 독서와는 담을 쌓았다. 책이 주는 지식도, 이야기의 재미도 나의 진정한 관심사가 아닐지도 모른다는 생각을 한 건 아마 그날 이후였을 것이다. 나는 단지 활자를 좋아했고, 활자로 된 것이면 그것이 양서든 아니든, 독이든 약이든, 닥치는 대로 읽었다. 어떤 사람들은 가끔 나의 박식을 얘기하곤 한다. 그러나 나의 박식은 실은 체계 없는 지식들이 저들끼리 이종교배한 결과이다. 오늘도 나는 무심코 버스 좌석에 누가 떨어뜨리고 간 광고 전단지를 주워 읽고 있다. 나는 아무래도 마음의 양식을 쌓는 독서와는 거리가 먼 것 같다.

150

존 버닝햄의 『지각대장 존』이라
는 그림동화에는 지각을 밥 먹듯
이 하는 존이라는 아이가 나온
다. 선생님은 존에게 지각한 이
유에 대해 묻는다.

　"악어 때문에요."

　학교 오는 길에 악어가 나타나
서 지각했다는 말인데 선생님은 말도 안 되는 소리라고 존을 나무
란다. 그러나 그다음 날엔 사자가, 그다음 날엔 곰이 나타나서 존
은 계속 지각을 한다. 선생님은 존이 거짓말을 하고 있다며 심하
게 나무라고 존은 자기 말을 믿지 않는 선생님을 답답해하던 중
교실에서 고릴라가 나타나 선생님을 납치하면서 이야기는 끝난
다. 어쩌면 존이 한 말들은 전부 거짓말이었을지도 모른다. 그렇게

보면 선생님의 나무람은 정당하다. 그리고 존의 말이 사실이라면 선생님의 나무람은 부당하다.

그러나 이 이야기는 사실과 진실에 관한 이야기가 아니다. 우리는 모두 아이였을 때 정말 신호등 저쪽에서 나를 노려보고 있는 여우나 곰을 만난 적이 있다.

지금 생각해보니 어떤 일에 대한 핑계였다든지 사실이었다든지 하는 것은 상관없다. 아이들은 괜히 멀쩡한 자기 부모를 계모로 만들 수 있다. 아이들의 거짓말에는 다른 현실이 있다. 문학은 어쩌면 그 지점에서 시작될지도 모른다. 문학은 항상 현실의 반대쪽에 자리하는 다른 현실을 이야기한다. 너무나 능청스러운 아이들의 거짓말을 들어보자. 그것이 비록 사실도, 진실도 아닐지라도 기묘한 비판이 섞여 있다는 것을 알 수 있을 것이다.

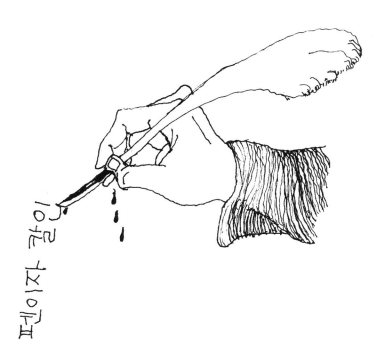

페이지

펜이자 칼인

아무도 설득하지 못하는 산문들

산문의 시대다. 시의 시대를 지나 소설의 시대에서 이제는 바야흐로 산문의 시대다. 좋은 시도 많아야 하고, 좋은 소설도 많아야 하지만, 좋은 산문도 많아야 한다. 그러나 요즘 쏟아져 나오는 산문집들을 보면 내용이 너무 피상적이다. 피상적일수록 감상적이고 그래야 독자들에게 선택받을 수 있다는 출판 시장의 논리가 그대로 읽혀진다. 그래서 지금 우리의 산문 문화는 없다. 공들여 원 자료를 찾아서 섭렵하고 거기에 자기의 사유 체계를 이식해 펼쳐나가는 고급한 산문은 드물다.

산문은 피상적인 감상의 글이라도 인식 체계가 주밀해야 한다. 그런 좋은 산문은 좋은 시와 좋은 소설에 영향을 준다. 김수영의

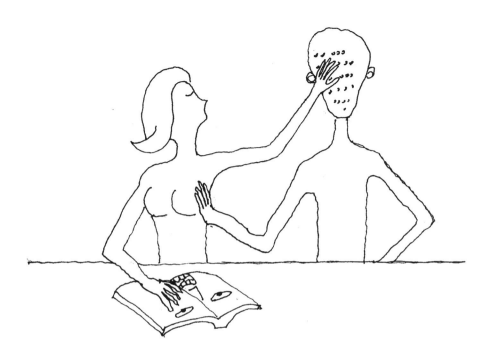

점자

산문은 김수영의 시만큼 많은 영향력을 갖고 있다. 김수영의 산문을 읽다 보면 그의 시의 전모가 드러난다.

그렇듯이 좋은 시나 좋은 소설은 그 작품을 형성하게 하는 사유의 배경이 은은하게 드러난다. 그런 잔잔한 사유가 짙게 배어 있는 산문들을 읽으면서 우리는 자기의 지적 배경을 형성하며 입장을 가지게 된다. 평범한 사물 하나에도 다양한 생각의 방식이 존재한다. 읽고 버려도 괜찮은 그렇고 그런 산문집들이 난무한다는 것은 좋지 않다.

나는 팔리는 글들이 꼭 그런 피상적인 글들이어야 한다고는 생각하지 않는다. 정보도 없고, 새로운 시각도 없고, 아무도 설득하지 못하는 산문들이 팔리고 있다는 것은 독자의 문제가 아니라 우리 출판문화의 문제다. 편집자들은 독자가 가벼운 책들을 좋아한다는 고정관념이 출판 시장을 점점 더 어렵게 하고 있다는 사실을 알아야 한다.

내가 서울에 처음 온 것은 중학교 2학년 때다. 그러나 그것은 단순한 연보적 기억일 뿐이고, 내 기억 속에 서울은 친구들과 같이 종로 어디쯤에서 킬킬거리며 맥주를 마시고, 야구연습장에서 공을 날리면서부터다. 그러다 일자리 때문에 서울로 올라왔는데, 나에게는 그때부터 서울의 인상이 자리한다. 나는 그 당시 영등포 어디쯤에서 숙식을 해결하고 있었다. 당시에 영등포의 명화극장 간판에는 〈영웅본색〉이 걸려 있었는데, 당시 영등포는 문명이 아니라 온갖 잡다한 문명의 쓰레기들이 넘쳐났다. 누추한 벽에 걸려 있던 선정적인 극장 포스터, 나이트클럽에서 뿌린 지라시가 거리 여기저기에서 뒹굴었고, 매춘 광고 카드가 표창처럼 문틈에 꽂혀 있었다.

돈을 빌려주겠다는, 못 받은 돈 받아주겠다는 플래카드, 나는 어떻게 그런 것들이 버젓이 백주 대로에 횡행하는지 좀 어리둥절했던 것 같다. 그렇다고 내가 무슨 철저한 도덕군자는 아니었지만, 조용한 강원도 소도시에서 살던 나는 꽤나 충격을 받았다.

모든 것은 전화로 연결되어 있었다. 전화 한 통이면 정말, 절세미녀가 홀라당 벗고 덤벼들고, 돈을 뭉텅이로 싸들고 오는 것인가? 따질 것도 없이 모두 불법인데, 범법자들이 저렇게 당당히 전화번호까지 걸고 광고를 하다니, 이해가 가지 않았다. 나에게 서울이라는 도시는 그야말로 사드적인 이미지로 가득 찬 곳이었다.

초현실주의 회화가 가진 사물에 대한 집착증이 남녀 관계에서 보이는 집착증으로 나타나듯, 섹스 이미지는 서울, 영등포의 거리에 난무하고 있었다. 거리에는 휘황찬란한 나이트클럽의 간판들이 돌아가고, 쇼윈도에서 튀어나온 듯한 마네킹 같은 여자들이 라이터와 사탕을 나눠주는 해괴한 즐거움이 맥락을 끊고 들어왔다. 사람들은 삼겹살과 소주를 죽을 것처럼 마셔댔고, 창녀들이 취객을 떠안고 어디론가 사라지고 있었다. 모든 걸 털리고 쓰레기통 속에서 깨어난 회사 동료도 있었다.

모든 여자는 사람이 아니라 그저 성적 대상이었다. 슈퍼마켓에 진열된 껌처럼 계산 가능한 상품이었다. 거리에 다니는 모든 여자는 강간의 대상이었고, 여자의 얼굴은 곧 성기였고, 몸이었다.

모독의 아래쪽

마음에 드는 여자를 만났을 때, 바로 섹스에 돌입하는 상상을 하지 않는 수컷은 없을 것이다.

초현실주의 회화는 이것을 그대로 미술사에 드러냈다. 한스 벨머(Hans Bellmer)는 〈인형〉에서 가장 극단적인 예를 보여준다. 벨머가 제시한 인형은 원하는 대로 비틀고 조립하고 꿰맞출 수 있어, 강간과 폭력을 수용하기 위한 기능을 다 할 수 있을 것처럼 보인다. 이 '아름다운 희생자'인 여성의 신체에 대한 반발이 바로 르네 마그리트(René Magritte)의 〈강간〉이다. 여성의 얼굴에 젖가슴과 배꼽과 음부를 그려 넣은 이 작품은 그 자체로 수컷들에게 질문한다.

"너희들이 보고 있는 여자는 이거지?"

맞다. 그렇다면 〈강간〉의 아래쪽은 수컷들이 접근할 수 없는 무시무시한 풍경이 아닐까? 남성의 성기를 잘라버릴 것 같은 입, 음탕한 손길을 바라보는 눈, 불편한 코. 하여간 육체의 아름다움도 언젠가 썩어 흙으로 돌아갈 거라는 붓다의 말씀도 계시지만, 마그리트의 전언이 훨씬 찔린다. 아름다운 여성의 육체를 보며 해골을 연상하다가 그 해골마저 아름다워 보이는 게 수컷들이다. 어쩌랴.

내 작업실은 옥탑방이다.

공식적으로는 5층이지만 정색하
고 5층이라고 부르기에는 좀 쑥
스러운, 화장실도 없는 여덟 평
남짓의 공간이니 옥탑방이라고
불러야 마땅하다. 원래는 출판사
열림원 식구들이 전 층을 사용하

던 곳인데 출판사가 파주로 옮기면서 평소 안면이 있던 정중모 사
장에게 생떼를 쓰다시피 하면서 싼 값에 얻은 것이었다. 이 건물
과의 인연은 내가 〈문학 판〉 편집위원을 하던 시절부터 맺어졌다.
그러다 디새집(열림원의 또 다른 출판 브랜드명) 일도 잠시 맡아보게
되면서 더 자주 드나들게 되었고, 급기야는 여기서 아주 둥지를
틀어버린 것이다.

원래 이 건물에 옥탑방은 없었다. 흔한 상업 건물처럼 계단실 하나로 통하는 여러 층들이 답답하게 이어져 있는 건물이었다. 그저 인테리어에 신경을 좀 썼구나 하는, 정도였다. 그러다가 옆으로 증축하게 되면서 현암사를 설계한 건축가 권문성이 이 건물을 맡게 되었고, 그 결과 지금과 같은 모습이 되었다. 새로 지어진 건물을 기존의 건물과 떨어뜨려놓으면서 가운데 아담한 정원이 생겼고, 떨어진 두 건물을 다리로 연결하면서 1층에 커다란 산벚나무를 심어 공간에 생기를 불어넣었다. 그리고 1층 진입 공간을 에워싸는 벽은 전통 기와를 켜켜이 쌓고 회벽으로 틈새를 메워 우리 반가(班家)의 정취를 흉내 냈다. 내 작업실은 신축한 건물의 옥상에 있다. 그러니까 내 작업실을 찾아오는 사람들은 언제나 기존 건물의 계단을 통해서 옥상에 이르러 두 건물을 잇는 다리를 건너와야 한다.

이 다리에 대한 사람들의 반응이 또 제각각이다. 크게는 두 가지인데, 무섭다는 쪽과 좋다는 쪽이다. 당연히 무섭다는 쪽은 싫다는 반응이고 좋다는 쪽은 딱히 좋다기보다는 특이하다는, 새로운 경험에 대한 표현이다.

나는 이 다리를 무척 좋아한다. 많은 건축물을 봤던 나로서는 이 다리가 별로 특이할 것은 없지만 다리를 건너면서 '아, 이제 내 작업실에 왔구나'라는 생각을 비로소 하게 된다. 그곳에서 나는 또 다른 공간의 상상 속에 빠져들어야 하는 것이다. 옥상은 전

굴뚝

체가 목재널로 깔려 있다. 그래서 이곳 옥상은 다른 곳과 달리 부드럽고 만만해 보인다. 그리고 다리 길이 방향으로 깔린 목재널은 다리가 길어 보이게 하는 착시 효과를 주어 심리적인 길이를 연장시킨다.

나는 작업실에 나올 때마다 이 다리에 잠깐 멈추어 서서 저 아래 심어진 산벚나무의 울창한 가지들을 잠시 한가롭게 구경한다. 나무는 아래에서 위를 올려다보는 것도 좋지만 이렇게 위에서 아래로 내려다보며 그 풍성한 넓이를 즐기는 것도 좋다. 나는 이 작업실이 마음에 들어 당호를 지었다. 논어 술이(述而) 편에 보면 다음과 같은 대목이 나온다.

子曰, 默而識之 學而不厭 誨人不倦 何有於我哉(자왈, 묵이식지 학이불염 회인불권 하유어아재).

해석하면, "묵묵히 배운 것을 간직하고, 배움에 싫증을 내지 않으며, 남 가르치기를 게을리하지 않는 것을 나는 못 하고 있구나"인데 공자 정도 되는 분이 이런 탄식을 했다는 것 자체가 놀랍다. 나는 이 중에서 '남 가르치기를 게을리하지 않는다'는 의미의 誨人不倦(회인불권)을 따와 당호로 삼았다.

그러면서 誨人(회인)을 誨而(회이)로 바꿔 '남 가르치기를 게을리하지 않는다'는 원래 의미를 '남의 가르침을 받아들이기에 게으르지 않는다'로 고쳐 '誨而齋(회이재)'를 당호로 삼았다. 생각해보면 경문의 글자를 멋대로 바꿨으니 송시열의 시대 같았으면 사문난

적으로 몰려도 할 말이 없었을 것이다. 그리고 그 의미를 실천하기 위해서 몇 사람들을 모아 논어를 강독하는 모임을 열었다. 평소 친분이 있던 한문 선생 한 분을 모셔 와 칠판을 사고 옹색한 교실을 열어 격주로 한 번씩 목요일마다 공부를 시작했다. 그렇게 모셔 온 한문 선생 왈, "논어는 문장 사전이다. 논어의 세계관보다 나는 문법을 통한 한문 문장의 아름다움에 대해 강의할 것이다"고 입장을 밝혔다. 우리는 모두 박수를 쳤다. 성인의 가르침을 따르지 않겠다는 선언이었다. 하긴 세속에 빠져 있는 나 같은 사람에게 성인의 가르침이 무슨 소용이 있겠는가? 단지 아름다움에 빠져 아름다움을 정확하게 노래할 수 있으면 그것이 나의 지복이라고 믿는다.

나는 회이재에서는 전혀 글을 쓰지 않는다. 여기서는 주로 건축주들과 만나고, 외주 업체들과 도면을 놓고 협의하며, 협의된 사항들을 다시 도면에 반영하는, 공간을 만드는 일이 주로 내가 하는 일이다. 그러나 내가 일하는 시간은 하루에 고작 네 시간 정도뿐이다. 나머지는 사람들을 만나는 일이 대부분이다.

물 좋은 홍대 앞에 작업실이 자리하고 있다 보니, 이렇게 저렇게 홍대 쪽을 지나다니다가 들르는 지인들부터, 일부러 찾아오는 사람들까지 그 부류도 다양하다. 문인, 건축가, 음악가, 무용가, 만화가, 교수, 사업가 등등. 어떤 때는 약속이 겹쳐서 저녁 술자리가 감당할 수 없을 정도로 커질 때도 있다. 처음에는 글 쓰는 후배와 단둘이 마시다가 건축가들이 합세하고, 또 검도인들이 합류하면

서 거기에 우연히 만난 지인들이 합석하면 무슨 망년회 모임처럼
되고 만다. 그렇게 되면 이야기도 제각각이 되고, 술자리가 시장판
을 방불케 되면서 나는 2차, 3차를 거치며 인사불성, 다음 날이면
누가 술값을 치렀는지 모를 정도가 된다. 그래서 요즘에는 이 작
업실이 일을 하기 위한 공간이 아니라 놀기 위해서 해가 지기까지
대기하는 공간인 것처럼 느껴지기도 한다. 일은 대기하는 동안에
만 하는 것이다. 그렇다고 하루 종일 해야 될 정도로 일이 많은 것
도 아니니 별로 개탄할 일은 아니다.

술잔을 앞에 두고 찾아온 지인들과 이런 얘기 저런 얘기로 꽃을
피우다 보면 나도 모르게 어느새 내 생각도 정리되고 상대방의 생
각에도 깊이 공감할 수 있게 된다. 그러나 그렇다고 하더라도 술
이 과해지면 사람 구실하기 어려워지니 경계해야 할 일임에는 틀
림없다. 과하면 부족함만 못하다(過猶不及).

"그렇다면 글은 어디에서 씁니까?" 하고 묻는 사람이 왕왕 있
다. 사실 나에게는 작업실이 한 군데 더 있다. 나는 버스나 지하철
안에서 읽고, 길거리에서 걸음을 멈추고 메모한다. 버스나 지하철
이 내 서재가 된 것은 아주 오래전부터이다. 처음에는 혼잡한 버
스 안의 풍경에서 눈을 돌리기 위해 책을 읽기 시작했는데 그것이
어느덧 버릇처럼 되어버렸다. 나는 버스 안에서 의외로 집중이 잘
된다.

그래서 일부러 쉽게 읽히는 책이 아닌 종류로 선택해서 작업실

을 오고가는 버스 안에서 읽는다. 어떤 때는 책을 읽다가 내려야 할 곳을 지나칠 때도 있지만, 길이야말로 나의 진정한 서재고 항상 다른 풍경을 보여주는 소중한 작업실이다.

4부

애초에 우주에는 시간이란 존재하지 않았다.
시간이란 개념을 만들어낸 것은 인간이다.

이번 가을에는 유난히 비가 많이 온다. 추석에는 새벽에 속초에까지 내려가 성묘도 못 하고 소주만 몇 잔 마시고 돌아왔다. 그러고 보니 추석에 비가 오는 건 오랜만이라는 생각이 들었다. 설악은 벌써 산 정상이 불그레하니 물들어 있다. 가을비에 낙엽이 마지못해 떨어지듯이 바닥에서 다시 비에 젖어 아예 거기에 편히 붙어 있다. 확실히 요즘은 자연에 마음을 빼앗기기에는 너무 분주하다. 비가 쉽게 그치지 않으리라는 걸 알면서도 기왕에 모인 친지들은 술상을 앞에 놓고, 기다리는 듯 마는 듯 인터넷 얘기와 새로운 프로그램 얘기로 큰집 마당에 감나무는 아랑곳 않는다.

그렇게 추석을 쇠고 돌아왔는데도 며칠 비는 계속이다. 요새는 추석 음식도 빨리 없어진다. 전처럼 양을 많이 하지 않기 때문이리라. 나는 추석 음식인지 아니면 아내가 새로 장을 봐온 것인지 잘 모르겠는 사과 한쪽을 들고 아파트 베란다에서 밑으로 낙하하는 가을비를 내려다보았다. 그러다 비를 공중에서 바라보는 이런 광경도 아파트라는 주거 형태가 만들어낸, 참 낯선 것이라는 생각을 했다. 우산을 쓴 할머니가 매가 날고 있는 하늘을 눈치 챈 어미 닭처럼 손주들을 데리고 바삐 단지 내의 테니스 코트를 지나 건너편 동으로 사라진다. 그때였다. 나는 문득 마당에 떨어지는 빗방울을 누워서 즐기며 바라보던 고등학교 2학년 때 가을이 생각났다.

그때 나는 그림을 참 열심히 그렸다. 학기 초인가 불쑥 미술실 문을 열고 들어선 녀석을 처음 보았던 것도 그때가 처음이었다. 갑자기 그림을 그리겠다고 미술실을 찾은 녀석의 행동도 조금은 이상했지만 무엇보다도 나는 녀석이 쓰는 북한 사투리가 더 이상했고, 또 신기하기도 했다. 속초에서 더 북쪽에 자리한 작은 항구인, 아야진이 집이었던 그 애의 부모님은 속초에서는 흔히 그렇듯 북이 고향인 실향민이었다. 우리는 금방 친해졌다. 우리는 둘 다 그림을 그려 대학에 가겠다는 특별한 포부도 없었고, 공부도 뒷전이었다. 종종 그림마저 뒷전으로 밀어둔 채 밤늦게까지 미술실에 남아 비밀리에 입수한(?) 도색잡지를 보며 낄낄거리던 우리는 누가 더 빨리 글자를 거꾸로 쓰는지 시합하느라 칠판에 매달려 놀았다. 우리에겐 시험도, 그림도, 선생들의 협박도, 그다지 심각하지 않았다.

대걸레를 들고 성룡 포즈를 잡으며 미술실의 석고상들을 죄다 깨뜨리고 그다음 날 아침 일찍 출근 준비에 바쁜 미술 선생의 집에 찾아가서 진심으로 빌며 우리의 죄를 회개했다. 그러고는 금방 뒤돌아서서 하늘을 보며 소리 없이 웃었다. 둘이 똑같이.

우리는 틈틈이(?) 열심히 그림을 그렸고 서로의 그림에 대해 감탄했다. 녀석은 수채화를 그렸는데 빛을 해석해내는 솜씨가 또래 애들 중에서 발군이었다. 이젤에 놓인 녀석의 그림을 보고 있으면 빛이 창에서가 아니라 화폭에서 쏟아지는 것 같았다.

"어두울 땐 니 그림을 한 세 개쯤 벽에 걸면 낮보다 더 환해질걸?"

나는 이런 말로 치켜세웠고, 그럴 때 녀석은 "시애끼" 하며 입이 찢어지게 웃었다. 그리고 여름방학이 왔고, 녀석과 나는 한동안 만나지 못했다. 그뿐 아니라 웬일인지 녀석은 소식을 뚝 끊었고, 그해 방학이 끝나도 학교에 나오지 않았다. 그렇게 학생들은 검은 동복으로 가을의 학교 운동장에서 조회를 받았다. 그날도 이렇게 비가 왔다. 나는 잠결에 누가 나를 부르는 소리를 들었다.

어머니가 꿈에 누가 부를 땐 대답하지 말라고 하셨는데, 나는 조용히 문을 열었다. 가을비 같지 않은 장대비 쏟아지는 소리가 갑자기 방으로 쏟아져 들어왔다. 높은 축대 위에 녀석이 쏟아지는 장대

우산

비 속에서 우산을 받쳐 들고 서 있었다. 나는 반가워서 우산도 들지 않고 슬리퍼를 끌며 축대 위로 올라갔다. 빗속이라서 그런지 녀석은 조금 여위어 보였지만 밝은 표정이 나를 안심하게 했다. 얼른 녀석의 우산 속으로 뛰어든 나는 흠칫 녀석의 옆구리에 끼어 있는 검은 표지에 붉은 물을 먹인 두꺼운 책을 보았다. 고개를 들어 녀석의 얼굴을 바라보는 내 얼굴의 표정을 나는 숨기지 못했던지 그 애가 담담하게 예의 옆으로 찢어지는 미소를 머금고 말했다.

"그분을 진정으로 느꼈다. 나랑 같이 가자."

무슨 일이 있었던 걸까? 그리고 나는 한동안 아무 말도 못했던 것 같다. 장대비 쏟아지는 소리가 우산 속에서 쏴아 하고 지루하게 공명하고 있었다. 이윽고 나는 아주 어렵게 고개를 저었다.

"그래? 아직 때가 아닌 모양이구나."

녀석은 예의 찢어지게 웃는 미소로 비 맞는 나는 아랑곳없이 우산을 거두어, 그대로 뒤돌아서서 장대비 속으로 천천히 걸어갔다. 나는 장대비 속으로 사라지는 커다란 박쥐우산을 바라보며 이번엔, 이게 무슨 일인가? 하고 생각했다. 모든 상황은 뒤죽박죽으로 엉켜 있었지만 나는 무엇이, 누군가가, 나를, 영원히 떠나고 있다는 걸 확연하게 느끼기 시작했다. 그것이 녀석이든, 아니면 녀석의 말대로 신의 초대든 간에.

그 후 녀석은 신학대를 갔고, 얼마 안 가 자퇴를 했고, 또 그렇게 한동안은 낯모르는 여자와 여기저기 떠돌아 다녔다. 그때도 열정의 어느 순간처럼 비가 오는 날이 있었으리라.

오늘도 그렇게 가을비는 끝없이 내리고 있다. 잊혀지는 것은 하나도 없고, 그저 흐르고 흐를 뿐이니, 이 가을이 준비한 겨울이 성큼 다가설 것이다.

그대와 나 사이에 있는 섬

섬 앞에서

김 형, 나는 사람이 살지 않는 섬으로 가려 합니다.

형은 이 말을 듣고 웃었지요. 딴은 그렇지요. '사람들 사이에 섬이 있다/그곳에 가고 싶다'고 정현종 시인은 노래했습니다. 사람들 사이에 있는 섬. 형은 그곳으로 가려 하느냐고, 그렇다면 너무 늦었다고 자학적으로 웃었지요. 김 형, 나는 우리들의 대화가 왜 이렇게 자조적인 것으로 되어가는지 씁쓸했습니다. 나는 그저 말 그대로 사람이 살지 않는 섬으로 가려 한다고 말한 것뿐인데.

그런 내 불편을 눈치 챘는지 형은 다시 고쳐 말하더군요. 사람이 살지 않는 섬은 사람이 버린 섬이라고. 나는 형의 그 문학적 감수성이 순간 저주스러웠더랬습니다. 우리는 왜 편히 그렇고 그런 얘기로 시간을 메워가지 못하고 항상 그리 어두운 그늘로 술자리를 덮고 마는지요. 그날 우리들의 술자리에는 형과 나 사이에 무슨 깊은 섬 하나가 떠 있는 것 같았습니다. 김 형, 우리는 그 섬에서 서로 만날 수 없습니다. 무슨 뜻인지 알겠지요? 영리한 형이 모를 리 없습니다.

우리는 늘 그랬지요. 우리는 서로가 서로에게 닿기 위해 열심히 형과 나 사이에 놓여 있다는 그곳으로 헤엄쳐 갔지만, 정작 항상 서로 다른 섬에서 서로가 아닌 다른 사람들을 만나곤 했습니다.

그렇게 우리는 늘 엇갈렸던 것이지요. 그것도 이상한 일이지만 서로 다른 거기서 우리는 따로따로 잘 놀았습니다.

김 형, 나는 내일이면 형의 자조와는 상관없이 사람이 살지 않는 섬으로 들어가려 합니다. 그리고 섬 앞에서 드리는 이 편지는 부치지 못할 것 같습니다. 언제나 그랬듯이 우리는 아무 할 말이 없는 사이지요? 그렇지요. 말이 필요하면서도 말할 수 없는 사이지요. 아마 김 형의 주위에서도 그렇겠지만 우리를 아는 지인들은 그렇게 말합디다. 왜, 그러느냐고. 서로가 서로에게 필요한 말은 해줘야 하지 않느냐고. 그래야 친구 아니냐고. 그러나 김 형. 만약 우리가 서로에게 필요한 말들을 주워섬기기 시작한다면 아마 형과 나 사이 어딘가에 있다는 그 섬은 순간 산산조각이 나고 말 겁니다. 때로는 그렇게 무미건조한 만남이 어떤 견고한 끈이 될 수도 있습니다.

사람이 사는 섬에서

성산포에서는
교장도 바다를 보고
지서장도 바다를 본다
부엌으로 들어온 바다가
아내랑 나갔는데
냉큼 돌아오지 않는다
다락문을 열고 먹을 것을
찾다가도
손이 풍덩 바다에 빠진다

성산포에서는
한 마리의 소도 빼놓지 않고
바다를 본다
한 마리의 들쥐가
구멍을 빠져나와 다시
구멍으로 들어가기 전에

잠깐 바다를 본다
평생 보고만 사는 내 주제를
성산포에서는
바다가 나를 더 많이 본다

이생진, '바다를 본다' 중에서

보길도 선창리는 사람이 바다를 보는 시간보다 바다가 사람을 더 많이 보는 곳이다.

서울에서 해남까지 무려 아홉 시간 걸려 도착해서 다시 땅끝까지 한 시간 남짓을 달려왔는데 이미 보길도로 가는 마지막 배는 떠난 후였다. 막차를 놓친다는 것에는 이상한 노스탤지어가 있다. 순간 머릿속이 하얗게 지워진다는 것은 나날의 삶이 반복되고, 그에 맞춰서 저절로 내일로 이끌려가는 평범한 일상에서는 결코 자주 만날 수 있는 경험은 아니다. 막차를 놓쳤을 때 우리는 순간 내일을 다시 계획해야 하는 커다란 백지 위에 떨구어져 있게 된다. 대부분 그 백지 위에서 우리는 얼른 새로운 점들로 일상을 연결해 나가지만 아무것도 그려지지 않는 백지 위에서의 순간이란 언제나 우리에게 영원을 엿보게 한다. 그 영원과 맞닥뜨린 나.

나는 보이지도 않는 배의 궤적을 쫓기라도 하듯 먼 바다를 물끄러미 바라보았다. '물끄러미'라는 부사를 남해에서 발음한다는 것은 얼마나 적절한 것인가? 서해에서 물끄러미란 말은 뭔가 거칠거칠한 것에 걸려 있고, 동해에서는 그 무한한 수평선에 그만 질려버린다. 섬과 섬들의 멀고 가까운 사이에 있는 햇살 눈부신 바다를 보며 '물끄러미'라고 발음하는 것은 얼마나 행복한 발성인가? 그럴 때 언어는 표현되는 수단이 아니라 '존재'하는 어떤 것이다. 섬처럼, 혹은 바다처럼.

5월의 연휴를 맞아 사람들은 땅끝으로 몰려든다. 땅끝, 갈두, 토말은 다 같은 장소를 지칭하는 여러 개의 이름이다. 사람들은 여기에서 바다를 보고 돌아간다. 사람들은 땅끝에서 세상의 끝에 서 있는 절박함 같은 것을 느끼고 싶은 걸까? 땅끝이라는 장소보다 '땅끝'이라는 이름을 찾아 사람들은 여기까지 온 것인지도 모른다.

어느 시인이 랍비에게 물었다.

"당신은 신을 만났습니까?"

랍비는 고개를 저었다. 그러자 그 시인은 다시 물었다.

"그렇다면 당신은 신의 존재를 어떻게 믿습니까?"

랍비가 말했다.

"나는 내가 신을 믿고 있는지 잘 모르겠습니다."

"당신은 바보군요."

그러자 랍비가 말했다.

"그렇습니다. 나는 당신처럼 신의 이름을 찾고 있을 뿐입니다."

어쩌면 나도 무인도가 아니라 '무인도'라는 이름을 찾아가는지도 모른다. 그리고 그 이름을 찾아가는 막배는 이미 땅끝 선창에서 나를 기다리고 있지 않다. 그런데 여객선을 타는 선창 옆구리에서 바다로 미끄러진 경사로에서 양복을 말쑥하게 차려입은 사내가 막 떠나는 너배기 배를 부르고 있다.

나는 순간적으로 땅끝에서 하룻밤 유숙하려고 했던 생각을 재빨리 접었다. 그러곤 그 배를 타고 노화도를 거쳐 다시 배를 타고 지금 여기는 보길도 선창리이다. 여기에 도착했을 때는 어두워서 보지 못했지만, 김 형. 여기는 후박나무, 풍나무로 아름다운 방풍림을 이루고 있는 포구요.

사람들이 버린 섬에서

벌써 8년 전인가 보다. 건축 설계를 하면서 공간에 대한 분석적 접근만을 일삼던 나에게 선배 한 분이 아주 조심스럽게 한국 정원에 대해 이야기했다.

"금상첨화지."

그러나 그 말은 나에 대한 타박임을 나는 대번에 알아챘다. 그는 정원을 모르고 건축을 얘기하는 것은 반쪽만 아는 거라는 얘기를 그렇게 완곡하게 했던 것이다.

"금상첨화지."

나는 '첨화'를 위해 무슨 생각에서인지 짐을 꾸려 보길도에 있는 고산 윤선도의 자취를 찾아가기로 마음먹었다. 그때 처음 섬에 내렸던 나는 섬이 아니라 첩첩산중에 온 것 같았다. 섬에서 택시를 타게 되리라고는 생각도 못했다. 그때 내가 탄 택시 운전기사의 말은 더 걸작이다.

"섬이라고 해서 산꼭대기에서 구르면 바다로 풍덩, 빠져버릴라고 생각했죠잉?"

정말 보길도는 얕은 구릉으로 이루어진 노화도와는 달리 뾰족뾰족한 산봉우리들이 천석 절승의 선경 같은 섬이라고 불렀던 고산의 말 그대로였다.

그러나 지금 내가 떨어진 여기 닭섬이라고 불리는 무인도는 섬의 전경이 불과 섬 밖 50미터에서 한눈에 잡히는, 그야말로 섬봉우리에서 구르면 바로, 바다로 풍덩 하고 빠지는 작은 섬이다. 나는 나를 이 섬에 내려놓고 짙은 먹구름을 드리운 뱃길을 밟고 떠나는 너배기 배를 보며 다시 한 번 머릿속에 하얀 백지가 자리하고 있는 것을 느꼈다. 그것은 막배를 놓쳤을 때의 느낌과는 사뭇 다른 것이었다. '물끄러미'라는 말의 정서도 붙박이들의 것인 모양이다. 나는 같은 남해를 보면서 이제는 '물끄러미'라는 말의 정서에서도 벗어나 있음을 알았다.

사람과 사람 사이에 섬이 있다면 나는 바로 버려진 섬이었다. 정말 아무도 살지 않는, 모두들 먼 곳에 있는, 어떤 곳에 와 있게 된 것이다. 섬은 그냥 커다란 바위 하나로 이루어진 것 같다. 키 낮은 후박나무들이 가득하고 북사면은 평균 경사가 30도, 남사면은 아예 깎아져 잘려나간 절벽이다. 나는 텐트를 치기 위해 이리저리 평지를 찾아 봉우리 꼭대기까지 올라갔다가 내려왔지만 평지는 눈을 씻고도 찾을 수 없었다. 단 한 평의 평지가 있었지만 바로 파도가 치는 바위 위여서 거기에 텐트를 쳤다간 가뜩이나 우중충한 날씨에 비바람이라도 몰아치면 안전을 보장할 수 없었다. 자다가 파도에 쓸려나가 그대로 바다에 수장되는 행복(?)을 바라지 않는 이상 이 섬의 유일한 평지인 그곳은 그림의 떡이었다.

나는 할 수 없이 큰 줄기가 두 개로 갈라져 자라는 소나무와 후박나무가 있는 경사지에 자리를 잡았다. 그러고 보니 그곳은 보길도 쪽이 바라보이는 북사면이다. 남쪽은 벼랑이라 어쩔 수 없이 선택한 방향이었지만 생각해보니 그곳은 내가 떠나왔고, 내가 다시 돌아가야 할 곳이 보이는 자리다.

돌아가야 할 곳이 있는 자는 언제나 돌아가야 할 장소와 보이지 않는 끈을 갖고 산다. 돌아가야 할 고향, 돌아가야 할 여자, 돌아가야 할 식구들이 있는 자들이 가질 수 있는 방향은 항상 정해져 있다.

나는 먼저 화장실을 만들었다. 굴러다니는 대나무 조각을 주워 땅을 파고 바다를 바라보며 일을 볼 수 있게 방향을 잡았다. 거칠 것 없이 펼쳐진 하늘, 그리고 흐린 날씨로 하늘과 바다가 구분이 안 되는 일기들이 한꺼번에 구멍 하나밖에 없는 나의 화장실로 몰려들어 왔다. 경사가 급해 평소보다 다리에 더 힘이 들어갔지만 쾌변이었다.

사람이 살지 않는 섬에서

나는 시계를 갖고 다니지 않은 지 20년이 넘는다. 최근에 휴대폰을 이용하게 되면서는 양상이 좀 달라졌지만 그나마 무슨 운때(?)가 맞았는지, 아무 탈 없던 충전기가 고장이 나는 바람에 휴대폰도 놓고 온 터라 도무지 시간을 알 수가 없었다.

처음엔 갑갑하던 것이 점점 시간이 지나고 하룻밤을 지내자 배고픔과 어둠을 따라 시간을 짐작할 수 있게끔 금방 적응이 되었다. 애초에 우주에는 시간이란 존재하지 않았다. 시간이란 개념을 만들어낸 것은 인간이다. 그리고 여기서는 섬에 도착하던 날부터 내리던 폭풍우로 낮 동안의 시간의 변화는 전혀 알 수가 없다. 태양의 궤도에 따라 그림자로 시간을 예측하는 추이가 불가능하다.

오히려 어둠이 낮과 밤을 구분하는 유일한 기준이고, 어두우면 자고 배고프면 먹는다. 그리고 그게 지금, 이 사람이 살지 않는 섬에서 가질 수 있는 유일한 시간 개념이다.

바람은 극심하게 불고 비는 세차게 천막을 때리고 있다. 텐트 안으로 빗물이 스며들어 누울 자리도 없고 파도는 골이 진 바위틈을 때리며 천둥소리를 낸다. 촛불을 끄고 누웠지만 잠이 올 것 같지 않다. 대신에 지금 내 귓속을 울리는 온갖 소리들을 하나씩 잡아내본다.

먼저 파도 소리. 파도 소리도 가만히 들어보니까 여러 종류가 있다. 몰려오는 소리는 스산하다. 그러다 바위를 때리는 소리가 꽝하고 나고, 그것들이 바위 골짜기를 타고 공명하는 소리는 우르르릉 위협적이다. 그리고 빠져나가는 소리. 그리고 빠져나가다 몰려오는 파도와 같이 궁그는 소리는 바위에 부딪치는 소리를 준비하고 있어서 귀 기울이고 듣는 나를 바짝 긴장하게 만든다. 그런데 그 소리들은 너무 가까이 들려 나는 마치 파도가 덮쳐올 것 같은 착각에 시달린다. 그 착각 때문에 더 춥다. 그나마 나무들이 내는 소리들은 일정하고 간혹 무겁게 변화하므로 잠깐 한눈을 팔면 금방 들리지 않게 되어 견딜 만하다.

성가신 건 바람에 흔들리는 텐트가 내는 소리다. 후줄근한 자락들이 파르르 떠는 소리, 지퍼가 서로 부딪치며 내는 딸그락 소리, 빗방울이 떨어지는 소리, 전체가 움직이며 흔들어놓는 웅웅거림. 특히 지퍼끼리 부딪히는 딱, 딱, 하는 소리는 흡사 사람의 발걸음에 돌부리가 차이는 것 같아서 들릴 때마다 흠칫흠칫 놀란다. 사람이 살지 않는 섬의 밤에는, 잊었던 모든 소리들이 몰려와 산다.

섬에 도착한 첫날 나는 섬의 정상에서 멀리 남해에서 불어오는 바람을 온몸으로 맞았다. 그 벼랑에서 바람을 맞다가 나는 소리 질렀다. 소소소소소소소 그렇게 소리를 지르고 나자 내 속에서

면회

뜨거운 것이 확, 하고 달아올랐다. 나는 입고 있던 옷을 다 벗었다. 그러고는 알몸으로 그 벼랑에 서서 무언가 전체로 불어오는 것 같은 남해의 바람을 정면으로 마주했다. 바람은 흡사 나를 통과하여 거침없이 내 속의 무언가를 빼내어 불어가는 것 같았다.

흐린 하늘, 흐린 바다. 그래서 하나가 되어버린 전체에 섬 하나가 마치 흐린 우주에 떠 있는 것처럼 부유하고 있었다. 비바람이 사정없이 얼굴을 때리는 정상에서 나는 오래간만에 어떤 전체와 만나는 느낌을 가졌다.

그리고 천막으로 돌아와보니 천막이 어디 가고 없다. 어떻게 된 건가 여기저기 찾아보니 바람에 날려 골짜기에서 뒹굴고 있다. 간신히 추려서 다시는 날아가지 않도록 소나무 둥치에 매두고는 지친 몸을 뉘여 파이프에 담배를 채워 불을 붙였다. 다리가 후들거리고 옷은 비와 땀에 젖어 축축하다. 문득 평지가 밟고 싶어졌다.

단 한 평의 평지에서

내륙(內陸)에 어느 나라가 망하고 그 대신 자욱한 앞바다에 때아닌 배추꽃들이 떠올랐습니다. 먼 훗날 제가 그물을 내린 자궁(子宮)에서 인광(燐光)의 항아리를 건져올 사람은 누구일까요.

황지우, '연혁(沿革)' 중에서

김 형. 여기는 이 섬에서 유일하게 존재하는 단 한 평의 평지 위요. 나는 여기서 경사를 걷느라고 피곤한 다리를 쉬게 하고 있소. 단 한 평의 평지가 이런 아늑한 휴식이 되리라고는 어디 꿈에라도 생각해본 적이 없소. 어제는 폭풍우로 지나가는 배 한 척 없었소. 그래도 완전한 고립은 없다는 생각이오. 왜냐하면 벌써 나는 이 섬의 작은 생물들과 친해졌다오. 처음에는 비와 바람밖에는 보이지 않더니 차차 그런 것들도 보이기 시작하더란 말이오.

벌써 이 섬에 피어 있는 꽃들도 몇 가지 생김새로 구분이 되니, 섬 밖에서는 보이지 않고 구분할 수 없던 거 아니오? 심지어는 해변의 바위들도 그 형질이 구분되려고 하니 참, 신기한 일이오. 여기는 조개를 제 몸에 박고 있는 바위도 있고, 다른 돌을 고스란히 박고 있는 놈도 있소. 그런 게 아니가 하오. 어떤 사람을 다른 사람과 구분하고 알아보는 것. 형이 말했듯이 사람들이 버린 섬에서 나는 사람과 사람 사이에 있다는 그 섬으로 헤엄쳐갈 수 있게 된 것 같으오. 나는 지금 섬에서 나가려고 배를 기다리는 중이오. 그리고 나는 물통에 남아 있는 물을 아직 버리지 못하고 있소. 형이 들으면 피식 웃을지도 모르지만 폭풍우로 배가 뜨지 못할 때를 걱정해서요. 그런데 그런 걱정은 할 필요가 없을 것 같소. 왜냐하면 지금은 하늘이 아주 맑소. 그런데도 나는 선뜻 남은 물을 버리지 못하니 참, 할 수 없는 소심증이라고 비웃어도 할 말이 없소. 돌아가면 그대는 나의 섬으로 헤엄쳐 오시오. 내 물통에 물은 누구든 버리지 않는 한 줄어들지 않을 것 같으오.

나는 여기 그대와 나 사이의 섬에 먼저 와 있소. 그거 아시오?
우리는 처음부터 사랑했소. 여기는 아무도 살지 않는 섬이오. 아무
도 불러주지 않는 이름이오. 단 한 평의 평지 위라오.

사람은 늙는다. 누구나 다 아는 이런 평범한 사실이 새삼스럽게 다가오는 일요일이었다. 주일 내내 쌓인 술독을 풀 겸, 밀린 원고도 해결하려고 토요일 하루를 전화도 받지 않고 책상 앞에 앉아서 뒤적거리고 있었다. 아니나 다를까 전화는 계속해서 울려댔다. 미안한 얘기지만 전화가 울릴 때마다 휴대폰에 찍힌 번호를 보며 아, 이 전화는 술 먹자는 전화구나, 이 전화는 이런 사연을 가지고 있을 텐데 월요일에 다시 전화해주자, 하는 식으로 그냥 벨이 울리도록 내버려두었다. 그렇게 구분하다 보니 단 몇 통화를 제외하고는 모두 술자리를 알리는 전화였다. 이렇게 가다가는 내가 제 명에 못 죽지, 하는 각성이 일었다.

그러나 각성은 점수(漸修)가 안 되는 돈오(頓悟)처럼 자꾸 엉덩이를 들썩이게 했다. 간혹 술 생각이 간절히 나기도 했다는 말이다. 그런 중에 낯선 전화번호가 울렸다. 도무지 용건을 짐작할 수 없는 전화였다. 누굴까 생각하다가 벨이 끊겼지만 나는 도저히 궁금해서 참을 수가 없었다. 책상에서 떨어져 나와 수첩을 뒤지기 시작했다. 몇 가지 추정으로 발신자의 신원이 즉각 체크되었다. 말레이시아에서 같이 일했던 후배였다. 몇 달 전에 다니던 회사를 그만두고 대학원에 입학하기 위해 준비하고 있다는 소문이 들렸던 차라 용건이 궁금해졌다.

"새해도 됐고 해서 인사나 가려고요. 아이도 같이 데리고 가겠습니다."

아이? 그 말이 내게는 좀 낯설게 들렸다. 그 후배는 5년 전에 말레이시아에서 만난 아가씨와 결혼했다. 나는 그의 연애 과정에서 결혼하는 장면까지 주욱 꿰고는 있었지만 어쩐지 아이라는 말이 낯설게 들렸다. 우리는 공원에서 만나기로 했다. 일요일 오후 공원에는 가족끼리 연인끼리 오랜만에 풀린 따뜻한 겨울 햇볕을 즐기기 위해 나온 사람들로 붐볐다. 이 사람들은 다, 어디에서, 어떤 인연으로 만나 이 공원까지 오게 되었을까?

후배들 몇이 더 와 있었고, 모두 내가 만나지 못했던 동안의 훈장처럼 아이들을 안고 기다리고 있었다.

이런 풍경으로 공원에서 만나다니. 우리는 그저 공원을 순환하

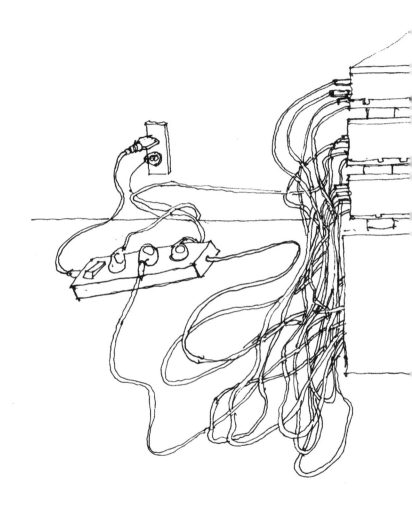

만남

는 산책로를 따라 하릴없이 걸었다. 후배들은 이리저리 천방지축으로 뛰어다니는 애들을 말리고, 칭얼대면 안고, 어르느라고 정신이 없었다. 그렇게 아이를 중심으로 부인이 우유를 타면 남편은 손수건을 준비하고, 남편이 유모차에서 아이를 꺼내 안으면 부인이 유모차를 거두고 하는 당연한 모습들이 내게는 잘 훈련된 조직처럼 일사불란해 보였다. 그렇게 잔디밭에서 컵라면도 먹고, 커피도 마시다 해가 기울자 어디 가서 저녁도 먹고 하며 우리는 다음을 기약하고 헤어졌다.

그리고 혼자 터덜터덜 걸어서 집으로 돌아오는 길에 이건 전혀 낯선 풍경이라는 것이, 자연스럽다고 여겨져서 자연스러운 것이지 사실은 아주 생소한 풍경이었음을 깨닫게 되었다. 그것은 내가 아이가 없어서도 아니고, 내가 특별히 마초라서도 아니었다. 단지 내 주위에, 나와 오랫동안 알고 지낸 사람과 나는 그런 식으로 만나본 적이 없었기 때문이었다. 그것도 세태라면 세태였다. 내 친구들과 나는 한 번도 부부 동반으로 만나본 적이 없다. 그러니 자연히 아이들을 데리고 나오는 일도 없었고, 아이 얘기가 화제에 오르는 일도 없었다. 그들과 나는 늘 술집에서 만났다. 그리고 술집에서 헤어졌다. 그들과 만난 이래 지금까지 쭉 그랬다. 방금 헤어진 후배들과도 과거에는 그랬다. 우리는 술집에서 만나 술집에서 건축을 토론하고 술집에서 헤어졌다. 그리고 5년 후 우리는 이제 공원에서 만나 밥집에서 헤어지게 된 것이다.

나에게는 잠시 이 변화가 혼란스러웠다. 그래서 결국에는 아직 결혼 전인 후배를 하나 납치해서 기어코 술을 한잔 걸치긴 했다. 그러고 나니까 뭔가 만난, 혹은 만났던 것 같은 기분이 드는 것이 아닌가? 나는 깊이 뉘우쳤다. 나는 쓸쓸해서 술을 마신 것이다. 건축 얘기도 안 하고, 문학 얘기도 하지 않는, 토론 없는 단순한 만남이 내 인생에는 없었던 것이다. 어쩌다 나는 이런 삶을 살게 되었나? 사람과 사람이 만나는 그 단순한 시간을 나는 왜 가지려고 하지 않았을까? 기어코 후배 하나를 납치해서 건축에 대해 열정적(?)으로 한바탕 떠들고 난 후 혼자 집으로 걸어가며 이 한심한 취기(醉氣) 아닌 치기(稚氣)를 나는 부끄러워했다.

고등학교 때 절에서 자랐고, 절
무술의 달인(그건 그냥 우리의 환상
이었는지도 모른다)이었던 국어 선
생님은 우리에게 방학 숙제로 성
경을 통독해오라고 했다. 당시에
는 '기드온'이라는 성서 보급회
가 있어서 학생들에게 아주 작은

성경책을 무료로 나눠주었다. 파란 표지에 작은 글씨로 촘촘히 인
쇄된 그 성경책은 『신약』과 『구약』이 분권되어 있었다. 기억에 『신
약』은 다 들어 있었지만 『구약』이 다 들어가 있었는지는 불분명하
다. 공짜로 나눠주는 책이라 줄 때마다(보급회 사람들은 그걸 꽤 자주
나눠주었다) 펼쳐서 여기저기를 읽었지만 성경책에 대한 인상은 남
아 있지 않았다.

평소 방학 숙제는 늘 벌로 대신하던 내가 왜 성경책을 읽겠다고 마음먹었는지 모르겠다. 나는 교회 다니는 옆집 누나에게 성경책을 빌렸다. 옆집 누나 역시 의아한 표정으로 성경을 건네주었다. 만화책 이외에 초등학교 5학년 때 『피노키오』를 읽은 이후 실로 처음 읽어보는 책이었다. '~하나니, 그러하매' 하는 고어 투의 문장이 낯설고, 억지스럽다고 생각했지만 그럭저럭 성경책을 다 읽었다. 그러고 나서 느꼈던 두 가지 감정. '하나님은 나쁜 신이구나'와 '예수는 참 좋은 사람이다'였다. 이렇게 폭력적인 아버지한테서 이런 훌륭한 아들이 태어나다니. 그도 그럴 것이 『구약』에 등장하는 하나님은 걸핏하면 폭력을 행사하는 존재였기 때문이다. 물로 모든 생명을 다 죽이고, 뒤돌아봤다고 소금 기둥으로 만들고……등등. 신이 내 일거수일투족을 다 알고 있다는 것도 기분 나빴다. 그러나 어쨌든 성경책 읽기는 내가 방학 숙제 중 유일하고도 성실하게 수행한 것이었다.

그런데 여름방학이 끝난 후, 뭔가가 이상했다. 방학 숙제 목록을 뒤졌더니, 내가 유일하게 완수한 숙제의 정확한 명칭은 '성경책 읽어 오기'였다. '감상문 쓰기'도 아니고, '인상 깊은 구절 정리해오기'도 아니었다. 뭔가를 제출할 필요가 없는 그저 '읽어 오기'였던 것이다. 나는 좀 의아했다.

'이걸 어떻게 검사하려고 하지?'

이런 궁금증이 일었지만 나는 나름 당당하게 등교했다. 그래도

도청을 거두시지요

숙제 한 가지는 완수했으니까. 그런데 다른 과제는 다 검사하면서, 유독 내가 유일하게 수행한 '성경책 읽어 오기'는 검사는커녕 언급도 하지 않고 넘어가는 게 아닌가. 나는 심한 배신감을 느꼈다. 아니, 지나가는 말이라도 "한 번 읽어봤냐?"라고만 해줬어도 그렇게 억울하지는 않았을 거다. 방학 숙제를 안 한 벌로 '빠따' 맞은 몸이 욱신욱신거렸다. 아이들 눈치를 보니 아무래도 성경책 읽기는 나만 한 것 같았다. 그러니 "너 성경책 읽어 왔냐?"라고 묻는 건 또 얼마나 바보 같은 일이겠는가.

나는 이날의 억울함을 맘속에 두고두고 쌓고 살았다. 그러다 훨씬 나중에야 옛 시절을 회고하면서 이 이야기를 하게 되었고, 나는 사람들의 반응에 놀라고 말았다.

"그래서 성경책을 다 읽었어?"

"응."

뜻밖에도 내가 졸지에 대단한 사람이 된 것이었다. 사람들은 기독교 신자 중에도 성경을 통독한 사람이 드물다는 믿어지지 않는 얘기를 했다. 나는 당황스러웠지만 뿌듯했다. 마치 그 시절에 받지 못했던 보상을 뒤늦게 받는 기분이었다. 절 무술의 달인, 성경책 국어 선생님. 감사합니다.

1993년 11월, 나는 6개월 동안 아무에게도 연락하지 않고 중국에서 티베트로, 그리고 히말라야를 넘어 네팔로, 인도로, 인도에서 태국으로 여행한 후 김포공항에 도착했다. 허름한 면티에 반바지 차림으로 낡은 샌들에 노출된 발가락 사이로 초겨울의 날씨가 사정없이 파고들었다. 그날 저녁 나는 식구들 앞에서 무릎을 꿇고 있었다. 나중에 안 사실이지만 식구들은 내 생사를 알기 위해 여기저기 수소문을 해보다 지쳐 있었고, 친구들은 심각하게 유고 시집을 준비하고 있었다고 했다. 그렇게 어머니 앞에서 무릎을 꿇고 처분을 기다리고 있을 때 그 무거운 공기를 뚫고 전화벨이 울렸다. 내 전화였다. 여행 중에도 그렇고, 한국에 도착해서도 아무에게도 연락하지 않은 터라 나는 내심 의아해하며 전화를 받았다. 시인 박용하였다.

"왔구나."

나는 어떻게 알았느냐고 물을 형편이 아니었으므로 조용히 있었다. 그런데 그런 내 사정을 익히 짐작하겠다는 듯이 그가 말을 이었다.

"진이정 형이 죽었다."

"무슨 말이야?"

"네가 돌아오길 기다렸나 보다."

혹시나 하고 헛일 삼아 전화해보았다는 것이었다. 나는 어머니에게 용서를 구하고 황망히 일어섰다. 그리고 정신없이 택시를 타고 병원으로 향했다. 나는 택시 안에서도 진이정 시인의 죽음이 믿어지지 않았다. 친구들이 내가 돌아온 날을 어떻게 알아내어 장난하는 거라 싶었고, 그렇게 믿고 싶었다. 그러나 도착해보니 정말 진이정 시인의 시신이 병풍 뒤에서 싸늘하게 식은 채로 나를 기다리고 있었다.

나는 문단에 아무런 인연이 없이 등단했다. 한창 『무림일기』라는 시집으로 문명을 날리던 시인 유하가 나에게 진이정 시인을 소개했다. 그렇게 우리는 '21세기 전망'이라는 동인을 만들어 활동했고, 진이정 시인은 윤제림 시인과 더불어 우리 동인의 수장이었다. 진이정 시인과 유하는 대학 때부터 이미 각별한 사이였다.

네 생각

그들은 일찍부터 '반영화' 동인이라는 영화 동인을 만들어 영화에 대한 열정을 불태우고 있었다. 그 모임에서도 진이정 시인은 맏형이었다. 나이로 보나 일을 처리하는 정확함으로 보나 모든 면에서 그랬다. 그 당시 '반영화' 동인의 멤버들은 김성수, 유하, 안판석 등 지금은 모두 영화계에서 내로라하는 인사들이 되었다. 진이정 시인만 빼고…….

진이정 시인은 정릉의 어느 골짜기에 한 줌 재로 뿌려졌다. 불교에 대해 해박한 이론가였고, 치열한 시인이었던 한 육신이 북한산 골짜기에서 흩어졌을 때 '반영화' 동인과 '21세기 전망' 동인은 만났다. 그렇다고 해서 무슨 거창한 기획을 가지고 만났다는 말은 아니다. 그저 매해 우리는 진이정 시인의 기일에 만나 절에서 같이 제사를 지내고 같이 절밥을 한 그릇씩 먹고는 헤어졌다. 그게 벌써 13년째이니 '꾸준히'라는 말은 어울리지 않지만 어쨌든 매년 봤던 것이다. 그사이에 영화감독이 된 사람들도 있고, 교수가 된 사람들도 있고, 나같이 아무 일도 없는 사람들도 있다. 그렇게 조금씩 바빠지면서 제사에 참석하지 못하는 사람도 생겨났다. 그러나 그런 사람도 다음 제사에는 꼭 참석하곤 했으니까 어쨌든 2년에 한 번씩은 만나는 규칙을 영락없이 지켜온 셈이었다. 그렇게 우리는 절밥을 한 그릇씩 먹고는 시내로 나가 맥주를 한잔하고 뿔뿔이 헤어졌다.

그런데 무슨 일인지 올해는 제사가 없었다. 섭섭한 마음에 동인들 몇과 북한산을 오르고 내려오는 길에 절에 들려 진이정 시인의 유골이 뿌려진 곳에서 담배 한 대씩 나눠 피고 소주 한 잔씩 돌려 마시고는 내려왔다.

　진이정 시인이 돌아간 지 10년이 넘었으니 따로 허전한 마음 같은 것이야 있겠느냐마는 뭔지 모를 아쉬움에 내쳐 산길을 걸어 시내까지 나왔다. 그러고는 삼겹살에 소주를 마시며 우리는 절밥 한 그릇 생각이 간절했다. 말린 나물에 국 한 그릇의 소박한 상이었지만 우리는 진이정 시인이 우리를 위해 차려주는 밥이라고 생각했나 보다. 자주 만나지 못해 조금은 서먹했지만 그래도 서로 반찬도 권하고, 국도 더 퍼주면서 두런두런 실없는 얘기를 흘리면서도 우리는 진이정 시인이 차려준 밥상을 두고 조금씩 친해졌나 보다. 그리고 산길을 내려오며 들었던 허전함이 이것이었나 보다. 삼겹살을 구우며 난데없이 절밥 생각이 나는 걸 보면.

'범 토끼'의 고뇌

토끼띠인 나는 학교를 일찍 들어가 호랑이띠들과 같이 공부했다. 그런 토끼띠를 흔히 '범 토끼'라고 말한다. 무슨 하이브리드 변종처럼 들리는 이 말을 나는 좋아한다. 상상하자면 호랑이의 머리에 토끼 몸을 한 변종보다는, 토끼 머리에 호랑이 몸을 한 변종이 썩 어울린다. 초, 중, 고등학교 때까지는 범 토끼의 정체성에 대해 별 생각이 없었다. 그러나 대학에 들어가면서 이야기가 좀 복잡해졌다. 81학번들은 내 범 토끼의 정체성처럼 대학 입시도 그랬다. 그전까지는 예비고사를 치고 본고사를 다시 본 다음 대학에 들어갔지만 우리 때는 본고사 제도가 폐지되었다. 그래서 예비고사만 보고 들어갔는데, 이게 지금의 수능 시험 같은 거였다.

　그러나 이름은 여전히 예비고사였다. 본고사를 예비하는 시험
이라는 이름이, 그 예비의 대상이 사라졌음에도 여전히 그렇게 불
렸다. 이름만 남고 실체는 변한 이 모습이 머리는 토끼고, 몸은 호
랑이인 내 태생과 어쩐지 닮았다. 어쨌든 그렇게 대학에 입학하고
보니 늙수그레한 친구들이 간혹 눈에 띄었다. 재수 내지 삼수하고
들어온 친구들이었다. 처음엔 좀 서먹했다. 호칭이 모호했던 것이
다. '형'이라고 부르자니 어쩐지 쉽지 않았고, 그렇다고 계속 존대
를 하자니 같이 공부하는 처지에 격이 맞지 않았다. 그러다 시간
이 지나면서 자연스럽게 저쪽에서 "우리 말 틉시다" 하고, 선선히
나오면서 서로 허물없이 친해졌다. 문제는 그렇게 친해져서 가끔
친구 집에 들를 일이 생기면서부터였다. 자연히 친구 집에는 친구
의 가족들이 있었고, 그중에는 물론 그의 동생도 있었다.

　그런데 이 동생이 나와 나이가 같거나 더 많은 경우가 왕왕 있
었다. 당연히 그 동생은 형의 친구인 나를 '형'이라고 불렀다. 처음
엔 당연히 그러려니 했는데, 좀 자세히 알아갈수록 점점 껄끄러워
졌다. 심지어 어떤 때는 그 동생과 더 호탕한 술자리를 갖게 되었
고, 그 동생의 친구들(나보다 나이가 많은)을 소개받으며 술자리가
점점 커지고 어느덧 나는 그 모두의 형이 되어 있었다.

　사회에 발을 디디면서도 그런 일은 또 일어났다. 직장 동료라든
가 거래처 사람들을 만나면서 자연스럽게 오가는 질문은 "몇 학

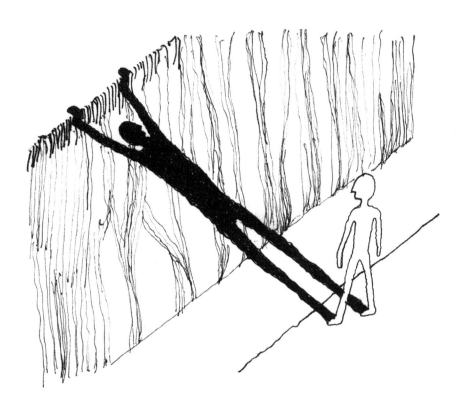

내가 도와줄게

번이시죠?" 아니면 "몇 년생이시죠?"였다(왜 한국인들은 나이부터 캐 묻고 관계를 시작해야 직성이 풀리는 걸까?). 이 두 가지 질문 중에 편한 질문은 "몇 학번이시죠?"다. 그러면 나는 "81학번이지만 학교를 한 해 일찍 들어갔습니다" 하면, 아주 솔직해질 수 있다. 그런데 "몇 년생이시죠?" 하는 질문에는 좀 난감하다. '몇 살인데 학번은 81입니다' 하는 건 뭔지 함부로 나이로 맞먹지 마라, 하는 경고가 될 수도 있고, 그저 담박하게 '몇 살입니다' 했다가는 나이 한 살 많다고 바로 하대당할 수도 있기 때문이었다.

반대 경우도 마찬가지다. 나와 나이는 같지만 학 번이 한 해 뒤질 경우, 나이가 같다고 "우리 서로 말 놓지요?" 하면 족보가 꼬인다. 그러면 나보다 몇 살 더 많은 친구와 그 친구의 동생과 그 동생의 친구들과 내 앞에 있는 이자와 함께, 그야말로 수습이 안 되는 얽히고설키는 난장판이 벌어지게 된다.

우리말의 높임말은 상대방에 대한 존경을 표하는 데는 아주 유용하지만 한 살 차이까지 시시콜콜히 따지며 손위와 아래를 따질 경우에는 굉장한 속박으로 다가온다.

높임말 때문에 서열이 확실히 정해지면서 오는 관계의 편안함이 있기도 하지만, 높임말 때문에 관계가 어그러지는 경우도 있다. 서양인이나 중국인들처럼 모든 사람을 '너'라고 부르는 것도 적응이 안 되지만 높임말 때문에 생기는 관계의 혼선 앞에서 전전긍긍하는 모습도 썩 좋아 보이지는 않는다.

그런 의미에서 동아시아 전역에서 널리 쓰였던 호(號)는 높임말에 걸맞은 호칭을 늘 생각해야 했던 우리 사회에 특히 더 유용했던 것 같다. 조선 사람은 흔하게 세 가지 이름을 갖고 있었다. 태어나면서 부모로부터 받은 이름(名)이 있고, 성인이 되면서 받는 자(字)가 있고 스스로 붙이거나 남이 지어주는 호(號)가 있었다.

　　이름이나 자는 남이 함부로 부르지 못하지만 호는 손위든 손아래든, 누구나 자유롭게 부를 수가 있었다. 말하자면 제자인 학봉 김성일이 스승인 퇴계 이황을 부를 때도 '퇴계'라고 부를 수 있고, 스승 이황도 제자인 김성일을 '학봉'이라 부를 수 있었다. 김성일과 서애 류성용도 네 살이나 나이 차이가 났지만 서로 '학봉', '서애'라고 부르면 되었다. 서로 형, 아우 할 것 없으니 참으로 편하다. 그래서 나도 내 호를 하나 지었다. 야매(野昧). 촌스럽고, 우둔하다는 뜻이다.

(지금도 그런 면이 없지 않지만) 80년대 초에는 좀 의식이 있다는 여학생들은 치마를 입지 않았다. 당시에 여성 인권 운동은 학생운동에 녹아 들어가 있었다. 치마는 낡은 관습을 상징했다. 운동권이든 아니든 여성으로서 받는 사회적 억압을 느끼고 있는 여학생들은 모두 치마를 거부했다. 예외가 있다면 졸업 사진을 찍을 때뿐이었다. 여학생들은 밑단이 좁은 바지를 한두 번 접어서 입고 다녔는데, 내 눈에는 그게 건축사 시간에 배운 '테이퍼드 칼럼(tapered column: 아래쪽 끝이 점점 가늘어지는 기둥)'처럼 보였다. 그들은 남학생들과 같이 마시고, 곤드레만드레 취해서 거리를 활보하며, 어깨동무를 하고 토하면서 운동가

를 불렀다. 그러다 보니 어느 서클에든 여장부가 하나씩은 꼭 있었는데 나에게도 그런 선배가 있었다.

남다른 기를 뿜어대며 항상 서클에서 군기를 잡던 여장부 선배. 그녀는 남자 후배들에게 경외의 대상이었다. 말은 어찌나 그리 잘하던지. 남자 선배들은 다 술주정꾼들 같았고, 그 선배만이 올바른 운동의 지표를 설정하고 지도하고 있는 것 같았다. 시위라도 할 때는 당연히 남자 후배들이 보호하는 일순위였다. 물론 연애 금지!

그런데 어느 날, 여장부 선배가 내가 묵는 하숙집에 찾아온 일이 있었다. 매일 시위로 대학가 주변이 최루탄으로 가득 찼던 때의 일이다. 대문을 열고 나가보니 선배는 해 질 무렵의 푸른빛 속에서 울고 있었다. 나는 선배가 최루탄 연기 속을 뚫고 온 것이라고 생각했다. 들어가서 좀 씻으라고 권했다. 그런데 선배는 아무 말없이 고개를 숙인 채 가로저었다. 뭔가 평소와 같지 않은 모습에 이상해서 나는 선배를 자세히 살폈다. 최루탄과 상관없는 울음이 분명했다. 나는 당황했다. 전에 없는 일이었고 더군다나 집까지 좀 데려다달라는 것이었다. 데려다달라니⋯⋯. 좀 이상했다. 술에 정신을 잃기 전까지는 부축 한 번 안 받던 선배가 의외의 부탁을 하자 나는 생각할 겨를도 없이 옷을 갈아입고 나왔다. 역시 최루탄 냄새가 진동하기는 했지만 눈이 따가울 정도는 아니었다. 그런데도 선배는 집에 가는 내내 계속 울고 있었다. 아니 더 심하게

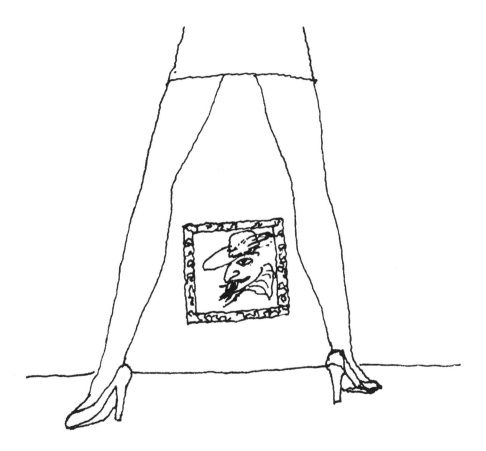

전시

울고 있었다. 이윽고 집에 닿았고, 이런 상황에서 어떻게 처신해야 할지 알지 못하는 대로 나는, 무슨 똑똑한 말이라도 해야 될 것 같았지만 "쉬세요" 하고 돌아섰다. 선배는 돌아서려는 나를 불러 세웠고 그때서야 눈물범벅이 된 선배의 얼굴을 제대로 볼 수 있었다.

"차 한잔하고 가."

좀 진정이 되는지 선배는 물을 끓이고 찻잔을 준비하는 잠깐, 욕실에서 세수까지 하고 나서 작은 나무 쟁반에 차를 끓여 내왔다. 나는 그제야 안심하고 차를 들었다. 그때 갑자기 선배가 쓰러져 흐느끼기 시작했다. 당황한 나는 선배를 일으키려 했는데, 갑자기 그녀가 나를 안았다. 나는 계속되는 이 당황스러움이 도대체 무엇인지 혼란스러웠지만 선배의 슬픔을 안아주고 싶었다. 우리는 그렇게 얼떨결에 서로 같이 안고 있게 되어버렸다. 선배는 그렇게 나를 부둥켜안고 계속 울었다. 도무지 언제까지라도 그칠 것 같지 않는 울음이었다.

알고 보니 선배는 연애를 하고 있었다. 나는 좀 충격을 받았다. 이런 식민지 시대에 연애라는 것은 사치라고 강력하게 주장하던 선배가 아닌가? 그런데 그 대상이 바로 얼마 전에 녹화 사업(당시 운동권 학생들을 강제로 군에 입대시키던 일)으로 끌려갔던 다른 서클의 리더였다. 둘은 비밀스럽게 사랑에 빠진 것이었다.

그런데 그날, 선배는 학교를 나오다 시위 현장을 지나왔고, 거기에서 최루탄 연기에 휩싸였다. 그런데 그 최루탄 연기와 함께 녹화 사업에 끌려간 애인의 기억이 선배를 휩싸고 말았던 것이다. 아, 애인의 기억을 최루탄 냄새와 함께 떠올리는 시대라니.

　나는 선배의 고백을 듣고 지금 내 앞에 있는 이 여인이, 우리가, 하도 불쌍해서 울고 싶었다. 선배는 계속 울고 있었다. 그렇게 들썩이는 선배의 어깨 너머로 책장을 가득 채운 사회과학 서적과 책꽂이에 얌전히 걸려 있는 치마 정장 한 벌을 보았다. 연보라색이 살짝 도는 옅은 회색톤 정장이었다. 선배가 졸업할 날이 다가오고 있었다.

"도무지 알 수 없는 한 가지. 사람을 사랑한다는 그것. 참 쓸쓸한 일인 것 같아."

가끔 라디오에서 흘러나오는 사랑 노래에 마음을 빼앗길 때가 있다. 참 대단한 통찰이다 싶은 생각이 드는 것이다. 그래본 사람만이 알 수 있는 것. 그런데도 그래보지 못한 사람들에게도 공감을 끌어내는 것. 어째서 이런 불가사의한 일이 인간에게는 아무렇지도 않게 일어나는 것일까?

아무런 경험이 없는데도 남이 겪은 일을 마치 자기 자신이 겪은 것처럼 느끼는 이런 공감의 능력은 아무리 애써도 잘 설명할 수가 없다. 그러나 '샐리 앤 실험(Sally-Anne test)'은 이러한 우리의 공감

사막

능력에 상당한 단서를 준다. 일단 장난감 방을 만들고 그 앞에 아이를 앉혀 아이가 장난감 방에서 일어나는 상황을 관찰할 수 있게 한다.

자, 샐리와 앤이 장난감 방에 있다. 앤이 보는 앞에서 샐리가 바구니에 구슬을 넣는다. 그리고 나서 앤은 장난감 방에서 나간다. 방에 혼자 남아 있던 샐리가 바구니에 담겨 있던 구슬을 다시 상자 안에 옮겨 넣는다. 그리고 앤이 다시 들어온다. 그때 실험자는 이 과정을 쭉 지켜보고 있던 아이에게 묻는다.

"앤은 구슬이 어디에 있다고 생각할까?"

답은 당연히 바구니이다. 그러나 세 살배기 아이들은 앤이 당연히 상자를 뒤질 것이라고 생각한다. 아이는 구슬이 상자에 있다는 걸 자신이 알고 있기 때문에 당연히 앤도 그렇게 알고 있을 거라고 생각하는 것이다. 반면 네다섯 살짜리 아이들은 당연히 앤이 바구니를 뒤질 거라고 대답한다. 구슬을 바구니에서 상자로 옮기는 것을 보지 못한 샐리의 입장을 이해하는 것이다. 그러니 아이들은 여섯 살만 돼도 다른 사람의 생각에 비추어 이해하는 것에 익숙해지는 것이다. 아마도 우리가 그래보지도 않았는데 그렇게 느낄 수 있는 것도 이러한 능력에서 기인하는지 모른다. 노먼 맥클레인 (Norman Maclean)의 원작 소설을 영화로 만든 〈흐르는 강물처럼〉에는 이런 대사가 나온다.

그러나 사실 우리는 가장 가까운 사람을 거의 돕지 못합니다. 또한 우리는 내가 가진 무엇을 그들에게 주어야 하는지도 모릅니다. 아니, 대부분의 경우 우리가 주어야만 하는 도움은 그들이 원치 않는 것임을 압니다. 우리는 가장 가까운 사람들, 가장 잘 이해해줘야 하는 사람들을 이해하지 못한 채 살고 있습니다. 그러나 그래도 여전히 우리는 그들을 사랑할 수 있습니다. 온전한 이해 없이도 우리는 서로 온전하게 사랑할 수 있습니다.

　어떻게 이럴 수 있는 것일까? 어떻게 우리는 대상에 대한 온전한 이해 없이도 그 사람을 온전하게 사랑할 수 있는 것일까? 정말 우리가 그런 존재라면, 우리는 "나 왜 좋아해?"라는 어리석은 질문에 "좋으니까 좋지"라는 멍청한 답을 계속해야 한다는 말인가? 어이구.

지금은 훌쩍 커버려 멀리 호주에서 혼자 방랑 생활을 하는 내 외조카는 우리 어머니에게는 첫 손주였다. 그 아이가 태어났을 때 폭설이 내렸던 걸 기억한다. 나는 그날을 기념하기 위해 그날의 폭설을 수채화로 옮겼다. 그러나 그 그림은 마침 그때 집에 놀러 온 친구가 가지겠다고 해서 줘버리고 말았다.

내가 고등학교를 졸업할 무렵의 일이었다. 그 후 나는 서울로 거처를 옮겼고, 성미산 근처에서 작은 방을 얻어 살고 있었다. 그때 이 아이가 무슨 일인지 제 엄마와 함께 서울에 왔다. 당시 직장을 옮기기 위해 잠시 짬이 난 바쁜 아이 엄마를 대신해 내가 보모

구름 공장

노릇을 해야 했다. 집에만 있기에는 나도 아이도 재미없었다. 그래서 나는 아이와 함께 여기저기를 하릴없이 싸돌아다녔다. 주로 한강에 나갔다. 서울에 한강이 있다는 것은 정말 축복이다. 지하철 2호선을 타고 당산철교 위를 지나며 바라보는 한강 하구의 저녁빛, 그 푸르스름한 색과, 잔물결이 근육처럼 만져질 것 같은 수면 위를 지날 때는 마치 다른 세상에 있는 것 같은 착각에 빠진다. 한강은 낮도 좋고, 밤도 좋고, 저녁도 좋다. 황사가 서울 상공을 덮칠 때 볼 수 있는 세피아 톤의 버드나무 군락지의 녹색은 얼마나 황홀한가? 아이와 나는 버스를 타고 양화대교를 건너고 있었다. 그런데 아이가 나를 툭툭 쳤다.

"삼촌."

아이는 뭔가 결연한 표정이었다.

"저기가 구름을 만드는 공장인가 봐."

아이는 거의 들떠 있었다. 마치 찾았다는 표정이었다. 구름이 어디서 생기는지 이제껏 알 수 없었는데, 이제야 알았다는 식이었다. 나는 아이가 가리키는 쪽을 바라보았다. 당인리 화력발전소였다. 희고 빨간 줄무늬를 그린 굴뚝에서 흰 연기가 하늘 높이 올라가고 있었다. 그때 내 머릿속에는 다이옥신, 환경오염, 이런 단어들뿐이었다. 구름을 만드는 공장과 다이옥신은 얼마나 다른 단어인가?

나는 들떠 있는 아이에게 "저건 화력발전소야. 뭔가를 태워서 전기를 만드는 곳이지"라고 말해버렸다. 그런데 아이는 더 놀라는 눈치였다. 화력발전소? 아이는 눈을 똑바로 뜨고 뭔가를 궁리하는 눈치였다. 구름을 만드는 공장과 화력발전소라는 말이 그 아이의 머리에서 뒤섞이며 놀라운 화학작용을 일으키고 있는 것이 분명했다. 모르긴 몰라도 아이는 다른 세계를 그리고 있었을 것이다. 아이에게는 화력발전소라는 말도 무척 신기했나 보다.

5부

우리의 삶은 사랑하다 슬프게 헤어지고,
미워하다가 아프게 껴안는 너무도 뻔한(?) 것이었으므로,
삶의 데자뷰는 어디에든 있을 수 있는 것이었다.

나는 건축에서 생의 보편성을 발견한다. 어디서나 사람 사는 모습은 크게 다를 게 없기 때문이다. 나는 티베트의 산을 보면서 설악을 생각했고, 쿠알라룸푸르에서는 서울에서 알고 지내던 사람들과 너무나도 닮은 사람들이 거기에도 있다는 사실에 신기해하며 재미있어했다. 그들은 닮기도 닮았지만 하는 행동도, "아니, 저들이 어떻게 여기에……" 하는 착각을 일으킬 정도로 흡사했다. 어떻게 이런 일이 가능할까? 나는 시내에서도 수십 미터 아름드리 고목이 자라는 쿠알라룸푸르의 식당에서 매일 아침을 먹으며 서울의 그들과 너무도 흡사한 또 다른 그들을 보며 생각했다. 그러나 '어떻게 이런 일이?'는, '아니면, 어떻게?'라는 의문이 더 당연한 것이었다. 우리의 삶은 사랑하다 슬프게 헤어지고, 미워하다가 아프게 껴안는 너무나도 뻔한(?) 것이었으므로, 삶의 데자뷰는 어디에든 있을 수 있는 것이었다.

그와 같이, 사람의 집이라는 것도 특별하다는 것이 오히려 이상한 것이다. 비와 바람과 빛에 대한 탐구를 하지 않는 집이 어디에 있겠는가?(그것을 행하지 않는 집은 오직 투기의 대상으로만 지어진 집 외에는 없다) 인간 중심적인 관점에서 보자면 집은 자연에 대한 대응이고, 인간 중심을 떠난 관점에서는 조응이다. 흔히 얘기하듯이 건축은 자연과 대척점에 놓여 있는 것이 아니라 자연과 서로 상보적인 관계에 있다. 사람도 자연의 일부인 것이 틀림없다면, 건축을 자연과 동떨어져서 생각한다는 것이 오히려 이상한 일이다. 개미와 까치의 집이 자연이듯 인간의 집도 자연인 것이다. 나는 티베트의 집들을 보며 그런 확신을 얻었다.

티베트 하면, 아직도 제일 먼저 번쩍, 머리를 훑고 가는 인상은 강렬한 빛이다. 기억에 남는 사건으로 치자면 역시 머리에 금이 가는 것 같은 통증을 주던 고산병을 빼놓을 수 없겠지만, 티베트의 고원에서 폭사되는 강렬한 빛은 단순한 기억을 넘어서서 지금도 나를 거기에 서 있게끔 한다. 풍경을 가르는 빛과 어둠의 극명한 대비, 햇빛을 막고 서 있는 높은 흙담들, 내부에서 느껴지던 은은한 빛의 종교적 감성들은 나에게 충격으로 다가왔다.

어떻게 하면 빛을 충분히 내부에 끌어들일 수 있는가, 하는 고

종묘의 여름

민이 당연한 줄로 알았던 나에게 티베트의 집들은 반대의 고민을 보여주고 있었다. 티베트의 집들은 창이 거의 없거나, 있어도 작은 환기창이 다일 정도로 빛을 거부하고 있었다. 바깥의 풍부한 빛은 집 안에 들어오면 거짓말처럼 사라져버렸는데, 고온 건조한 티베트의 기후 탓에 빛이 차단된 내부는 전혀 더위를 느낄 수 없이 시원했다. 특히 사원은 높은 벽 위에 가로로 길게 찢어진 창에서만 빛이 새어 들어오도록 배려했는데, 짙은 어둠을 비추는 높은 곳의 빛은 그 자체로 밀교적 수행을 웅변하고 있는 듯했다.

사람이 죽으면 그 몸을 새들에게 주는, 깊은 종교적 순수를 간직하고 있는 땅, 티베트. 그곳의 어둠은 오히려 내가 찾은 빛이었다.

티베트를 떠나 네팔을 거쳐 인도에 이르는 동안까지 나는 그 산에 대한 미련을 떨칠 수 없었다. 세계의 중심이라고 일컬어지는 산, 힌두에서는 그 자체가 시바신의 거처라고 알려져 있는 영산, 카일라스. 그 산에 오르기로 약속한 네 명의 여행자들이 모두 실패하고 뿔뿔이 헤어져 각자의 여행지로 돌아갔을 때 나는 인도를 홀로 헤매고 있었다. 아그라에서 아잔타로 가는 버스 안에서 나는 유명하다는 석굴을 보러 가는 게 도대체 무슨 의미가 있나 하는 생각을 비롯해 여행 전반에 대한 회의감에 빠져 있었다. 중국에서 시작한 긴 여행 중 혼자는 그때가 처음이라 그랬는지도 모른다(처음에는 혼자였지만 이상하게도 주위에 다른 여행자들이 늘 동행해주었다). 그러나 어쩌랴. 어차피 내친걸음, 오류의 첫 발자국은 내디딘 이후가 아닌가? 그런 짜증이 났기 때문이었을까? 나는 아잔타의 석굴을 보며 여름 동안의 수행을 위해 동굴을 만들었다는 일반적인 믿음이 곧이들리지 않았다. 여름 한철의 시원함을 위해서라면 굳이 이런 힘든 주거 양식이 필요했을까? 하는 의문이 들었던 것이다.

그러나 석굴 하나하나를 점검하면서 돌의 재질을 살펴본 나는 이 일대의 돌들이 데칸고원에 널리 존재한다는 현무암층이라고 확신할 수 있었다. 사암이나 석회암보다 가공성은 떨어지지만 충분히 그럴 수 있다고 생각했다. 그러다가 엘로라로 옮겨서 그곳의 힌두 신전을 살펴보던 나는 다시 생각을 수정하지 않을 수 없었다. 왜냐하면 그곳의 힌두 사원 중 16번 사원은 건축의 일반적인 축조 방식을 무시하고 거꾸로 파내려가며 조각된 것이기 때문이었다.

건축의 구축 방법은 말레이시아의 간단한 가구식 축조법이 보여주듯이 기둥을 세우고 지붕을 얹는 것이든가, 아니면 벽돌을 쌓고 지붕을 얹는 방법이 주류다. 어느 방법이든지 아래에서 위로 쌓아간다는 것에는 동일하다. 그러나 엘로라의 16번 사원은 겉에서 안으로 바위를 파들어가면서 벽이 만들어지고, 그다음에 기둥이 만들어지고, 그러고 나서 내부 공간이 만들어지는 유례없는 축조 방식을 이용했던 것이다. 이쯤에서는 아무리 파기 쉬운 돌이라

우주를 이고 다니는 달팽이

고 해도 돌은 돌이라는 것은 나는 인정해야 했다.

그렇다면 이들은 왜 이런 힘들고 유별난 방법으로 이 사원을 만들었을까? 갑자기 생각지도 않은 곳에서 궁리에 빠진 나는 한나절 이상을 멍청히 사원의 데크에 앉아 있었다. 무심코 영자로 된 안내판을 읽는 둥 마는 둥하다가 이 사원의 이름이 '카일라스'라는 것을 뒤늦게 발견한 나는 뭔가 눈앞이 환해지는 걸 느꼈다. 시바신의 집이라는 말이지. 그러니까 이 사원은 세계의 중심이 되는 집이었던 것이다.

파괴와 동시에 창조의 신인 시바신의 집으로서 건축 양식 역시 뭔가 독특한 신격을 부여받지 않으면 안 되었던 것이다. 힌두교도들은 불교도들의 석굴을 보며 번쩍하고 힌트를 얻었을 것이다.

나는 다시금 카일라스 사원을 천천히 거닐며 내가 오르지 못한 산, 카일라스를 생각했다. 그러고는 스스로에게 되뇌었다. 나는 세계의 중심을 보지는 못했지만, 지금 세계의 중심 안에 있는 것이다, 라고.

외부일까? 내부일까?

인간의 몸에는 세 가지 순환계가 있다. 1순환계는 혈액순환계이다. 윌리엄 하비가 발견한 혈액순환계로 서양의학은 비약적인 발전을 했다. 그 후 2순환계인 림프계가 발견된다. 서양의 근대 의학이 밝혀낸 것은 여기까지이다. 그러나 동양에서는 아주 오래전부터 '경락'이라는 순환계가 존재했다. 경락이란 기(氣)가 흐르는 길이다. 우리가 침을 맞는 데가 바로 여기다. 그러나 지금까지 경락은 혈액순환계나 림프계처럼 눈에 보이는 실체가 아니었다.

그럼에도 한의학은 경락이 실체한다는 가정하에 지금까지 발전해왔다. 그런데 1960년 초 북의 김봉한 박사가 이 경락의 실체를

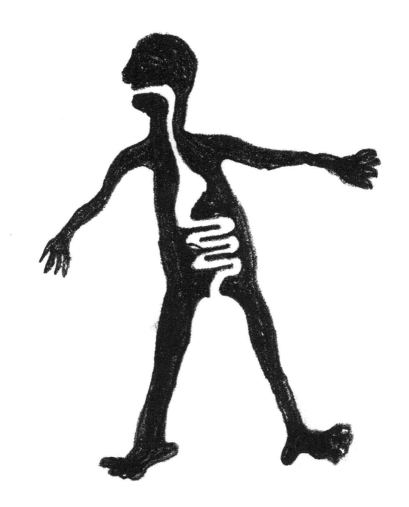

단면도

증명했다. 여러 가지 복잡한 처리 과정을 거쳐 보이지 않는 경락의 실체를 드러내 촬영하는 데 성공한 것이다. 그러나 북의 복잡한 사정으로 김봉한 연구팀은 해체되었고, 그 연구 성과도 후학들에게 이어지지 않았다. 그 후 40년이 지나 드디어 국내 연구진이 이른바 '봉한관'이라는 경락의 실체를 재증명하는 데 성공했다. 김봉한 박사가 만든 '봉한학설'에서는 단순히 경락의 실체를 증명하는 데 그치지 않는다. 경락을 잘라보니 경락 안에 '산알'이라는 작은 알갱이가 돌아다니며 손상된 세포를 재생하고 있었다는 게 핵심이다. 이것은 '산알'이 완벽한 줄기세포 역할을 할 가능성이 있다는 것을 뜻한다.

'봉한관'은 명상과 참선과도 관계가 있다. 명상은 전신을 순환하고 있는 '봉한관'과 '봉한소체'의 운동을 활성화시켜 신경전달물질로 활성화하기 때문에 부교감 신경의 반응과 밀접하게 연계돼 있다고 한다. 그렇다면 경락은 이제까지의 두 순환계와는 완전히 다른 관점을 제시한다. 정신과 육체가 떼려야 뗄 수 없는 관계라는 것을 자연스럽게 설명할 수 있기 때문이다. 어떻게 동양의학은 저리도, 완벽하게 눈에 보이지 않는 존재를 바탕으로 몇 천 년을 이어왔을까 실로 감탄스럽다. 몸에 대해 다시 생각해본다. 인간의 단면도를 한 번 그려보니 지금껏 내부라고 생각했던 입과 식도, 위, 장, 항문이 외부가 된다. 내가 그려놓고도 신기하다. 과연 외부일까? 내부일까?

지금도 길을 가다 보면 두더지 잡기 놀이가 간간이 눈에 띈다. 어린 시절부터 반공이데올로기에 찌든 나 같은 사람에게는, 땅굴을 파서 남침을 노리는 북한군의 이미지와 겹쳐서 상당히 혼란스러운 감정을 느끼게 하는 놀이다.

  어린 시절 남침용 땅굴을 발견했다는 뉴스는 상당한 공포였다. 한 시대의 독재자는 그 공포를 잘도 이용해서 심심찮게 정치적으로 활용하곤 했다. 휴전선이라는 익숙한 대치점을 무화시키고 내 발밑에서 휴전선 이북의 존재가 갑자기 튀어나와 남한을 적화시킨다는 상상은 모두에게 공포의 전율이었다. 당시에는 북한군이

무덤지 찾기

일일이 손으로 작업을 했다고 했는데, 확실한 건 아니지만 70년대에 북한이 스위스에서 TBM(Tunnel Boring Machine: 땅굴 굴착기)을 300여 대 수입했다는 정보가 들리는 걸 보면 수작업만은 아니었을 것이다.

어쨌든 두더지 잡기 놀이는 실제로 북한군 모자를 쓰고 있는 것들도 있으니 내 착착한 심정이 전혀 터무니없는 것만은 아닐 것이다. 두더지가 길 가는 사람을 호객하는 행위도 좀 별스러웠다. 자기를 잡아달라는 것이니, 가끔 그 기계 옆을 지나다 어이없는 코웃음이 날 때도 있었다. 실제로 해본 적도 있는데 약이 오를 정도로 얄밉다. 여기저기에서 불쑥 튀어나왔다. 그리고 당황하고 있는 사이에 쏙 들어가버리니 기어이 동전 하나를 또 쓰게 만든다. 약이 올라서 다 때려잡을 때까지 멈추기가 쉽지 않다. 두더지가 나올 구멍을 짐작할 수 없는 사람은 약이 오른다. 그리고 자기가 어느 구멍으로 나갈지 아는 두더지는 사냥꾼의 약을 올리거나 잡히거나 둘 중의 하나다. 그러나 자기가 나갈 구멍을 모르는 두더지는 거꾸로 자신이 약이 오르거나, 자신에게 환멸하거나, 시스템을 욕하게 된다. 지하도에서 헤매는 우리의 처지가 바로 그러하다.

그렇다. 지하상가에 적게는 네 군데, 많게는 일고여덟 군데의 통로를 찾기 위해서 심하면 나는 그 모든 출구에 다 고개를 내밀게 된다. 그럴 때마다 뽕망치가 사정없이 내 머리를 때린다. 여기가 아니거든! 그러면 나는 약이 오른다. 그다음에는 화가 난다. 우리는 왜 지상의 길을 놔두고 이런 습하고 답답한 지하도를 걷고 있는 걸까?

　한때 지하도와 육교가 근대화의 상징인 적이 있었다. 모더니즘 건축의 사두들은 자동차를 위한 길을 만들었다. 그리고 사람을 위한 길은 공중과 지하에 만들었다. 르 코르뷔지에의 '파리 재개발계획'이 대표적인 예이다. 기능주의 건축은 2족 보행하는 인간의 권리를 폐기했다. 대신에 4륜 질주하는 자동차를 위한 도시를 만들었다. 그 도시에서 우리는 약오른 두더지가 된다. 나의 길이 단순히 저 습한 벽면에 붙은 화살표에 있다면 얼마나 좋을까? 하지만 우리의 길은 그렇게 간단히 지정되지 않는다. 나는 두더지가 될 수 없다. 도대체 나의 길은 어디에 있는가?

일전에 가족들과 일산에서 그리 멀지 않은 곳에 있는 중남미 박물관에 갔던 적이 있다. 알다시피 일산이라는 신도시가 아직까지는 자체 인구를 흡수할 수 있는 문화시설이 턱없이 부족한 실정이라, 내가 살고 있는 가까운 곳에 그런 오아시스가 있다는 것이 반갑기도 하고 신기하기도 하여서 오랜만에 행장(?)을 꾸려 나들이를 갔던 것이다.

처음에는 그 진입로 주변에 늘어선 무질서한 풍경에 잘못 온 게 아닌가 하며 적이 실망도 했지만, 일단 내친김에 끝까지 가보기로 했다. 그런데 그러면 그렇지 하는 자조가 절로 나올 만큼 박물관 진입로는 번잡스러웠다. 혼잡한 시장통과 허름하고 비좁은 골목

길을 지나자, 제법 교외의 냄새가 나는 깨끗한 비포장도로가 어떤 복선도 장치하지 않고 떡하니 나타났다. 거기서부터는 어떤 신경과 관심의 손길이 배어 있는 길이 시작되고 있었다.

그렇게 이제까지의 실망을 보상해주기 시작하자마자 그 박물관이 눈에 띄었다. 붉은 벽돌로 외장을 꾸민 건물은 넓은 대지에 자리 잡고 있어 일순간에 이제까지의 실망스러움을 보상받는 기분이었다. 안은 그 박물관의 특색에 맞게, 그리고 그 분위기에 걸맞은 내장으로 한껏 멋을 피우고 있었는데, 마구 혼잡스럽게 벌려놓기만 한 것이 아닌, 나름대로 질서가 있었다. 중층에는 차를 마실 수 있는 자리까지 마련되어 있었다. 그곳에서 잠시 차를 마시고 있었는데, 주인인 듯싶은 여자가 다가오길래 몇 마디 나누다 보니 자연스럽게 설계자가 누구냐고 묻게 되었다.

"제가 했어요."

나는 놀랐다. (주인 여자는 건축을 하는 사람이 아니었는데) 집은 아마추어의 수준에서 벗어나 있었기 때문이었다. 주인 여자는 대사의 부인인데, 중남미 지역에서 오랫동안 살며 이런 박물관을 꿈꾸어왔고, 그것을 실현시키는 데 여간한 공을 들인 게 아니라고 말했다. 그러니까 이 집은 결국 그 노력의 총 집합체(유물 수집과 정리, 그리고 건축까지)인 셈이었다. 나는 여기서 건축하는 사람으로서 아주 당연한 의문이 일었다. 대사 정도 되는 사회적 지위라면 다양한 계층의 인사를 알고 있을 테고, 그중에 건축가 한 명쯤은 있을 법

신도시

한데 왜 그 사람의 도움을 받지 않았나 하는 것이었다. 대답은 의외였다.

"건축가들은 고집이 있어서요."

건축가들은 클라이언트가 살고 싶은 집이 아니라 스스로의 개념 속에서 작업하기 때문에 클라이언트가 꿈꾸는 확고한 '이, 집'의 풍경을 그릴 수 없기 때문이라고 했다. 주인 여자는 그래서 아예 (자신은 그런 건축가들의 속성을 너무 잘 알고 있어서) 처음부터 건축가와 상의할 생각은 배제했다고 말했다. 아는 건축가가 없어서가 아니라 너무 잘 알아서 건축가를 찾지 않았던 것이다.

이것이 거의 8년 전의 일이다. 그 당시 나는 이상적인 세계를 만들어야 하는 건축가의 책무(?)에 깊이 사로잡혀 있었다. 주인 여자의 말을 듣고 나는 당연하게 믿고 있던 확고한 생각들에 금이 가는 소리를 들었다. 그리고 이런 의문들이 생겼다.

그렇다면 건축가의 역할은 어디까지인가? 건축가는 단지 의뢰인의 요구를 가장 정확하게 수렴하는 자여야 한다는 말인가? 그렇다면 건축가는 환자의 아픈 이만 집어내는 치과 의사란 말인가? 아니다, 그렇지 않다. 그러나…… 만약 그렇지 않다 해도 이 부인의 말은 너무도 타당하지 않은가? 누구나 꿈에 그리는 집은 있게 마련이다. 그 대중의 꿈과 건축가의 예술 의지는 과연 어떤 식으로 불협화음을 내고 있는지, 나는 심각하게 생각하지 않을 수 없었다. 그때 나는, 대중의 꿈을 건강하게 이끄는 것이 건축가의 책임이라는 말을 들었을 때에도 쉽게 인정할 수가 없었다.

　"건축가들은 고집이 있어서요."

　내 인생에서 참 오래 생각났던 말 중의 하나였다.

우리가 새집에서
가슴이 설레는 이유

〈트와일라이트 존〉이라는 50년
대 미국의 TV시리즈가 있었다.
우리나라에서는 지금은 없어진
동양방송에서 '환상특급'이라는
제목으로 밤늦은 시간에 방송되
었다. 독특한 소재로 매회 완성
도 높은 드라마를 선보였는데 그

중에서 시간에 대한 얘기는 동화적이면서도 환상적인 드라마로
기억에 뚜렷이 남아 있다. 그 드라마에 따르면 시간의 흔적은 누
군가에 의해서 만들어진다는 거였다. 그래서 항상 매시간 그 시간
이 흐른 만큼 가구 색을 조금씩 바래게 하고, 닳게 만드는 작업을
하는 사람들이 있다는 것이었다. 그들은 줄칼과 여러 가지 색의
페인트를 들고 미세한 시간의 단위로 이동하고 다니면서 사람들

모르게 시간의 흔적들을 남기고는 곧 다음 시간대로 이동한다.

우리는 흔히 기초를 만들고 기둥을 세우고 벽을 두르고 지붕을 얹고 벽지를 바르고 안과 밖을 꾸미고 나면 건물이 다 만들어졌다고 생각한다. 그러나 엄밀히 얘기하면 건축은 그때부터 시작된다. 우리가 생각하는 그 완성의 시점에서부터 사람이 살기 시작하고, 비와 바람과 햇빛에 지붕을 녹슬기 시작하며 벽돌은 조금씩 그 모서리가 닳아 부드러워지고, 추억이 만들어진다. 그리고 그 집에서 아이가 태어나고 성장하면 더 넓은 집을 찾아 사람들은 떠나고, 다시 새로운 사람들이 들어온다. 그렇다면 건축의 끝은 있는 것일까? 이것도 자신 있게 그렇다고 말하기 어렵다. 하나의 건축물이 멸실되었다고 해서 우리의 추억 속에 건축된 집의 존재도 멸실되는 것일까? 오히려 건축의 완성은 그 집에서 사는 사람들의 각자의 추억 속에서 개별적으로 완성된다. 말하자면, 건축은 완성되는 것이 아니라 완성을 향해 무한히 접근해간다.

건축이 단순히 물리적인 구축 문제만은 아니라는 걸 보여주는 좋은 예가 건축물 복원 행위이다. 경복궁 복원 작업이 보여주듯이 건축물 복원은 한 민족의 정서를 대변한다. 거기에는 다분히 우리의 잃어버린 전통에 대한 향수가 짙게 깔려 있다. 그럴 때 건축은 역으로 추억 속에서 현실로 이행된다. 경복궁 복원은 옛 궁궐의 설계도나 고증된 문헌에 의해서가 아니라 경복궁에 대한 한민족의 집단 추억에 의해 이루어진다. 경복궁은 조선왕조가 성립하면서 지어졌고, 임진왜란 때 완전히 소실돼 여우와 이리의 터전이 되어 기억 속에만 존재하다가, 다시 대원군에 의해 물리적으로 구축되고 일제에 의해 헐리면서 또다시 기억 속에서만 존재하게 된다. 이러한 경복궁의 소멸과 복원을 보여주는 일련의 과정들은 기억의 구축과 물리적 구축이라는 건축물이 가지고 있는 두 가지 차원(dimension)을 여실하게 보여준다. 건축은 어디에 존재하는가, 라고 했을 때 우리는 이 두 가지 차원을 동시에 검토해야 한다. 더군다나 이것은 순차적으로 나타나는 것이 아니라 동시다발적으로 존재하는 것이기 때문이다.

어쩌면 우리는 새로 집을 지을 때조차도 무엇을 복원하고 있는지도 모른다. 당연히 그 '무엇'은 추억 속에서 나온다. 수국이 피어 있던 어린 시절 집의 뒤란 풍경이나, 장독대 옆에서 무진장하게 솟아 있던 감나무, 햇빛 따사롭던 한가한 여름날의 사랑채. 어쩌면 까마득하게 잊고 있었던 기억들이 이제 희끗한 중년이 되어 자기 집을 지으려고 할 때 하나하나 되살아나는 것이다.

포스트모더니즘 건축은 아예 이런 기억과 역사의 문제를 과감히 양식화한다. 마이클 그레이브스의 포틀랜드 빌딩은 그리스, 이집트 등 지나간 시대의 양식들을 차용하여 과거를 일깨우며 현대를 포장한다. 그러나 결국 포스트모더니즘은 과거로 현대를 포장하는 데에는 성공했지만 과거를 일깨우는 데에는 실패했다. 즉, 거기에는 과거로 꾸며진 장식은 있었지만 기억의 존재가 부재했다.

시간의 미장원

그리고 그것은 이미 예상되었던 실패였다. 왜냐하면 추억은 복원되자마자 추억을 배신하기 때문이다. 건축의 완성이 있을 수 없듯이 완벽한 복원이란 존재하지 않는다.

그래서 다시, 건축은 완성에 무한히 접근해갈 뿐이다. 새집의 반듯함이 주는 거부감은 아직 건축되지 않은 추억의 부재를 말해준다. 빛이 입자이자 파동이듯이 시간은 흐르면서 정지해 있다. 자본주의의 태동 이전에 이미 건축예술은 대량생산 시스템하에서 이루어져 왔다. 그 옛날 모헨조다로 건설에 쓰였던 수억 장의 벽돌들은 공장에서 대량으로 찍혀 나왔고, 경복궁 건설에 쓰였던 수많은 목재들은 목수들의 손에 의해 다듬어져 현장에서 적재적소에 쓰였다.

레디메이드(readymade)는 60년대 팝아트 그룹 이전에, 벤야민이 주목하기 이전에, 문명의 발생 시점부터 존재했던 고유의 건축예술이다. 이미 만들어진 반듯반듯한 벽돌들을 쌓아 올리고, 다듬어진 목재들을 세워서 구축된 건축물은 사실 거부감이 들 정도로 낯설다. 우리가 새집에서 가슴이 설레는 것은 순전히 이제부터 그곳에서 만들어갈 꿈과 추억 때문일 것이다. 물리적으로 낯선 그 건축물을 추억의 재료로 바꿔주는 것은 역시 시간 덕분이다.

시간이 흐르면서, 반듯한 벽돌들의 모가 조금씩 떨어져 나가고, 미끈한 목재 기둥들에 흠집이 나며, 선명한 색들은 빛에 바래기 시작한다. 손때가 묻기 시작하면서 집은 처음과는 사뭇 다른, 친근

한 반짝임으로 변화한다. 반사되는 빛이 아니라 빛을 흡수하면서
내기 시작하는 은은함. 그런 때에야 건축은 물리적 한계를 벗어나
정지되어 있으면서 흐르는, 시간의 속도를 타고, 다른 차원의 것으
로 아주 서서히 접근해간다. 그런 의미에서 집은 하나의 유기체이
다. 하루가 다르게 변하는 문명의 진보로 건물의 수명도 점점 짧
아지고 있지만 처음부터 시간의 손길을 잘 받아들이도록 설계된
집은 낡아도 쉽게 허물지 못하게 우리를 설득한다. 왜냐하면 그
낡음 속에서 우리는 우리의 지나간 시간들이 화석처럼 층층이 쌓
여 있는 모습을 보기 때문이다. 때가 묻지 않는 재료는 추억을 저
장하기도 힘들다. 건축 재료의 재활용 문제가 거론되는 것도 그런
관점에서 바라봐야 한다. 허약한 재료들이야말로 가장 굳건한 건
축을 이룰 수 있다. 모가 떨어져 나간 벽돌을 채우고 있는 시간들.
시간은 건축의 물리적 재료를 다른 것으로 만들어버린다. 느리게,
더 느리게 건축은 비로소 자연이 된다.

건축을 사회학에 기반한 사회심리적 상징으로 읽어냈던 적이 있었다. 과거형으로 쓰인 것은 지금은 그런 상징을 좀 더 근본적인 역사적 맥락에서 재편하려는 욕망 쪽으로 조금 옮겨왔기 때문이다. 그러나 만약 사회심리적 상징으로 건축을 읽어내려는 작업이 없었다면 그다음 작업도 이루어지지 못했을 것이다.

내 첫 시집 『56억 7천만 년의 고독』에 실린 「건축사회학」 연작은 그때의 소산이다. 나는 그때 건축을 사회학의 하위 학문으로 밀어 넣으려고 했다. 지금 대학에 있는 건축이라는 분야는 사실 학문이랄 것도 없는 직업훈련소에 불과하다(나는 모든 예술 창작 분야는 대학에서 기어 나와야 한다고 생각한다. 왜 거기에서 시간을 낭비하는지 모르겠다). 더군다나 미국의 압력으로 5년제가 되었다니 기가 막히다. 학과 과정은 4년제의 그것과 다를 바가 없고 시간만 1년 더 늘어난 것일 뿐이다.

예술 창작 분야가 대학에 버젓이 있는 것은 군대에서 '차트병' 노릇을 하는 것과 똑같다. 더군다나 복무 기간이 1년 더 늘었다고 생각해보라. 환장할 노릇이다.

건축을 단일한 의미를 지닌 상징으로 보는 것은 사실 편협한 행위다. 다른 무엇이 아닌 그것으로 읽어내기 위해서는 그만한 개연성이 제시되어야 하기 때문이다.

삼성동의 '무역회관 빌딩'을 신군국주의의 총부리로 읽어내는 데는 그 설계자의 국적이 한몫했다. '니켄 셋케이 그룹'이라는 일본 건축설계 집단이 그들이다. 80년대는 유독 외국 설계 회사가 많이 들어와 작업하던 때다. 쿠알라룸푸르에 트윈타워(페트로나스 타워)를 설계한 시저 펠리가 광화문의 교보 빌딩을 설계했고, SOM이 럭키 트윈타워를, CRS가 구 국제그룹 사옥을 지었고, 웰튼 베켓 사가 삼성그룹 본관 및 중앙일보사를 지었다. 물론 이 건물들은 88서울올림픽을 의식한 프로젝트의 결과물이었다. 문제는 그들의 작업이 명성만큼 뛰어난 게 아니었다는 것이다. 지금은 셀 수 없을 정도로 많은 외국 건축가들이 한국에서 일하지만, 소위 재개발이라는 무자비한 청소를 끝내고 세워지는 거대한 초고

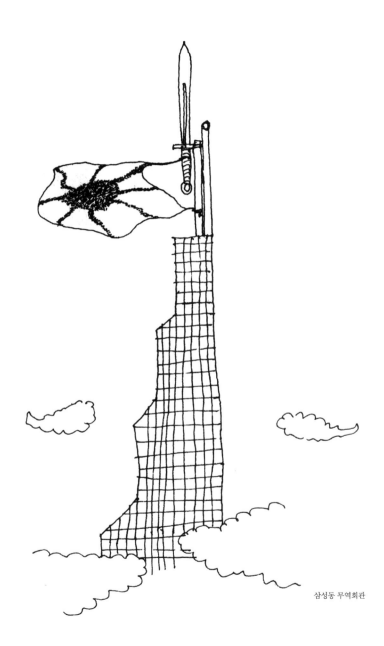

삼성동 무역회관

층 빌딩들이 내 눈에는 고깝게만 보였다.

그래서 '무역회관 빌딩'은 신군국주의의 총칼로, 63빌딩은 남근 숭배로, 롯데월드는 욕망의 성채로 읽어내는 작업을 했고, 좀 더 확대해 신화를 재해석해서 해인사와 이태원, 서울을 노래했고, 네로의 로마와 서울을 연결하는 작업을 하기도 했다.

그러고 보니 서울은 온갖 욕망들이 꿈틀대는 도시가 되어버렸다. 죽어 있던 무생물에게 상징을 씌우니 살아 있는 것들이 되었고, 나는 그 살아 있는 생명의 기원을 따지지 않을 수 없게끔 되었다. 즉, 내가 준 상징을 입고 거꾸로 그것들이 나를 이끌게 된 것이다.

티베트에는 '툴파'라는 존재가 있다. '툴파'는 원래 있던 존재가 아니라 사람의 상상에 의해 태어난 존재를 뜻한다. 그 대상은 다양하다. 이야기가 창조해낸 인물일 수 있고, 깊은 명상에서 끌어낸 존재일 수도 있으며, 심지어는 또 다른 자신일 수도 있다. 그것이 무엇이든 우리가 우리의 생각 속에서 길어 올린 대상이 더 이상 우리의 이야기나, 명상 속에서가 아닌, 우리와 같이 실재한다면 그것이 '툴파'이다. 그러니까 우리는 신의 명상 속에서 몸을 입은 존재, 즉 '툴파'이며, 신은 우리의 명상 속에서 몸을 입은 존재일지도 모른다. 상징이 실재의 몸을 입을 때, 그것이 바로 '툴파'이다.

언제나 언어라는 상징에 휩싸여 있는 나 같은 무리들은 지금 만나 차 한잔을 나누고 있는 이 존재가 내가 몸을 입힌 상징, 나의 '툴파'인지도 모른다는 이상한 현실에 빠져 있는 사람들이다.

253

침팬지의 태아는 인간과 비슷한 모습을 하고 있다고 한다. 그러니까 인간은 침팬지의 어린 모습에서 시작하여 비로소 사람이 된다는 말이다. 이것은 아마 다른 동물과 달리 인간의 양육 기간이 길기 때문에 생긴 현상인 것 같다. 그러니까 인간은 귀여움을 받을 수 있는 형상을 갖춰야 부모에게 버림받을 확률이 적어진다는 말이다. 긴 양육 기간 동안 부모에게 버림받는다면 인간은 천적이나 기후에 견디지 못하고 금방 죽어버릴 것이다.

인간의 뇌가 쓸데없이 큰 것도 그런 이유다. 사실 머리가 커지면 어미의 좁은 산도를 통과하기가 어렵다. 그럼에도 머리가 크게 진화한 것은 태아의 자기 생존 욕구 때문이다. 태아의 생존 욕구가 때로는 어미를 죽음으로 몰아넣기도 한다.

침팬지 태아의 얼굴은 인간과 매우 닮았다. 엄지발가락은 다른 발가락과 나란하며, 머리는 척추에 연결되어 있어 태아의 상태만 보면 직립보행이 가능하다고 생각할 정도이다. 그런데 침팬지는 태어나면서부터는 인간과 다른 모습이 된다. 반면에 인간은 침팬지의 태아 모습 그대로 성숙한다. 몇 년 전 어느 신문에서 최원석이라는 고등학교 교사가 쓴 글을 읽었는데, 재밌는 것은 진화학자 스티븐 제이 굴드가 이런 유형성숙 유전자를 설명하면서 미키 마우스를 예로 든 것이다.

"미키 마우스는 창조된 지 50년 동안 눈은 머리의 27퍼센트에서 42퍼센트로 커졌고, 머리는 키의 42.7퍼센트에서 48.1퍼센트로 커졌다고 한다. 초기의 심술꾸러기 미키 마우스가 많은 사람들의 사랑을 받으면서 귀여운 미키 마우스로 진화해간 것이다. 머리가 몸에 비해 상대적으로 커진 것은 유아기 때 몸에 비해 머리가 큰 것과 같이 미키 마우스를 귀엽게 표현하기 위한 것이고, 이것이 바로 미키 마우스의 유형성숙인 것이다. 인간은 이러한 유형성숙을 통해 다른 영장류들과 달리 느리게 성숙하면서 성인으로부터 많은 것을 학습할 수 있는 시간을 가졌고, 서로 협동함으로써 생존에 많은 도움을 받게 되었을 것이다."

또 유형성숙 유전자에 대해 인터넷 검색을 해보니 이런 질문과

유형생식 유전자

답도 있었다. '유형성숙을 인위적으로 가능하게 할 수 있는가?'란 질문이다.

　"보통 인간은 여성들이 유형성숙을 진화적으로 선택해서 한다고 하더군요. 남성은 유형성숙을 포기하지만 정신만큼은 유형성숙으로 남아 있으려 한다는. 하지만 남성도 인위적으로 유형성숙을 할 수 없나요? 예를 들어 양서류는 갑상선호르몬의 부족으로 변태가 되지 않잖아요. 그래서 그 호르몬을 투여하면 변태가 된다고 하더군요. 이처럼 인간도 어떤 기전이 있지 않을까요? 여성들이 아무리 남성들에게 선택받고 싶어 유형성숙을 택했다 해도……그게 정신력이나 오랜 세월의 진화만으론 어려웠을 거 같거든요. 여성호르몬이나 어떤 생물학적 기전에 의해 여성들이 유형성숙을 남성보다 더 잘하는 걸지도 모르겠다는 생각이 드는데 제가 지식이 없어서 이렇게 질문드립니다. 여성호르몬이 유형성숙과 관련이 있지 않을까요? 예를 들어 안면 골격의 성장 저하라든지 등등. 고수님들의 답변 듣고 싶습니다. ㅜㅜ"

그에 대한 답은 이렇다.

　"도대체 어떤 책을 읽으셨기에 이런 특이한 가설을 제시하시는지……?"

인간은 모두 침팬지에 비해 '귀요미'다. 때로는 웹의 답글이나 질문, 카카오톡이나 페이스북, 트위터에도 이런 귀여움이 있다. 이젠 SNS에서도 귀여워야 살아남는다.

판소리 〈흥보전〉에 보면 흥보가
박을 타는 장면이 나온다. 슬금
슬금 톱질하면 박 속에서 온갖
보화가 쏟아진다는 것인데, 박
속에서 쏟아지는 내용물을 가만
히 들여다보고 있으면 인간들이
품고 있는 기본적인 욕망을 눈치

챌 수 있어서 흥미롭다. 찢어지게 가난하게 살다가 우연히 제비가
물어다 준 박씨 덕에 횡재한 흥보. 그런 흥보에게 박에서 차례차
례 나오는 재물들은 절실한 욕망의 순위 매김이라 봐도 좋을 것이
다. 그렇다면 피죽도 못 먹는 흥보의 가장 절실한 욕망은 뭘까? 당
연히 밥이라는 대답이 가장 많을 것이다. 그러나 희한하게도 〈흥
보전〉에서는 죽는 사람 혼을 돌아오게 하는 환혼주, 소경이 먹으

면 눈이 밝아지는 개안주, 벙어리가 먹으면 말을 하게 되는 개언초, 귀머거리가 먹으면 들리게 되는 개이용, 아니 죽는 불사약, 아니 늙는 불로초 등등 약초가 먼저 나온다. 이어서 밥과 고기가 나오고 첫 번째 박은 끝난다. 그리고 두 번째 박에서는 비단, 금패, 호박, 산호, 진주, 유리, 고래수염과 같은, 요즘 말로 하면 명품이라 할 만한 것들이 쏟아지고, 세 번째 박에서는 드디어 미녀와 하인들이 나온다. 그러고 나서 그들이 마지막으로 대궐 같은 집을 지으면서 박타령은 끝난다. 거꾸로 살펴보면 세 번째 박에서 나온 선물, 즉 집이 없어도 사람은 산다. 두 번째 박에서 나온 선물, 즉 명품들을 다 갖추지 않아도 사람이 사는 데는 전혀 지장이 없다. 그러나 첫 번째 박에서 나온 선물인 밥을 먹지 못하면 사람은 살 수가 없다. 그러고 보니까 첫 번째 박에서 나온 선물들은 모두 생존과 관계된 것들이거나 삶의 질과 깊은 연관을 갖고 있는 품목들뿐이다. 생활하는 데 불편을 주는 장애를 치료하는 약물이거나, 죽음과 같은 인간의 한계를 초월해보고자 하는 약물들인 것이다. 다시 말해 첫 번째 박에서는 인간의 생로병사를 극복해보려는 의지가 강하게 작용하고 있다. 이와 같이 인간의 욕망은 반드시 인간의 한계에서 도출된다. 이것은 두 번째, 세 번째 박에서 나오는 비싼 옷을 입고 좋은 집에서 살고 싶은 당연한 욕망들과는 크게 구별된다. 그런 당연한 욕망들을 우리는 '욕구'라고 부른다.

좋은 만년필을 얻으면 좋은 종이를 갖고 싶은 것이 인간이다.

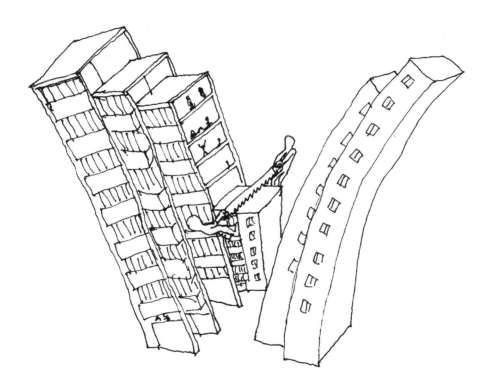

가도 가도 아파트

좋은 칼을 얻으면 거기에 걸맞은 칼집을 원하는 것이 당연한 인간의 심사이다. 이것이 본능이다. 우리는 흔히 욕망과 본능을 혼돈해서 사용하고 있다. 욕망은 본능에 의해서 나오는 것이 아니라, 한계 앞에서 나온다. 그러니까 욕망은 그 한계를 극복해보려는 적극적인 의지이다. 흥보의 첫 번째 박은 욕망의 박이다. 어떤 극악한 상황에서도 자신이 인간임을 잊지 않고, 인간의 한계를 극복하고자 하는 의지를 보일 때 우리는 다시는 광주와 같은 아우슈비츠와 같은 아프가니스탄과 같은 비극, 인간이 짐승으로 변하는 참극으로 굴러떨어지지 않을 수 있을 것이다.

누군가 인간과 짐승이 가장 크게 다른 점이 뭐냐고 묻는다면 인간에겐 욕망과 욕구가 같이 존재하지만 짐승에게는 욕구만 있다고 이야기하고 싶다. 인간이 때로는 (짐승보다 더한) 짐승으로 변할 수 있는 것도 순수한 욕구만으로 세상을 바라보기 때문이다. 생로병사의 굴레를 인식하면서 끝없이 그 풀리지 않는 수수께끼를 친한 병처럼 알고 욕구를 자연스럽게 놓아버릴 때 자본주의는 자본이 아닌 인간의 가치를 되찾을 수 있을 것이다.

"부~자 되세요"라는 광고 카피를 욕구의 부추김으로 읽을 때 우리는 자본의 노예가 되지만 욕망의 문제를 잊지 않고 읽을 때는 아주 자연스럽고 당연한 욕구를 위한 축복일 수 있다.

올해 나의 최대 목표는 돈을 많이 벌어서 집을 한 채 짓는 것이다. 흥보의 마지막 박을 나는 두 번째로 타고 싶다.

함성호

극단적으로 호기심이 많고 거절을 잘 못하는 탓에 이것
저것 오지랖 넓게 기웃거리다 오지래퍼(Ozirapper)라
는 별명을 얻었다. 범인(凡人)은 이해 못 할 시를 쓰고,
정부가 부숴버린 제주 바위 옆에 돈 안 되는 도서관을
짓고, 환쟁이들과 어울려 그림을 그리고, 영화판에 참
견하고, 만화를 향한 연심(戀心)은 책 한 권이 족히 넘
는 그는, 공사다망한 중에도 틈틈이 친구들을 불러내
술을 마시는, 인생이 '작당'인 한량이다. 평생 멋대로
살아왔으나 잘못 살았던 적 없고, 누구도 설득하려 들
지 않는 대신 누구의 말도 듣지 않는다.

『아무것도 하지 않는 즐거움』은 그가 쓴 최초의 카툰
에세이로 건축, 음악, 미술, 만화, 여행 등 다방면에 걸
친 깊이 있는 지식이 그림과 어우러진 작품이다. 바쁜
일상을 쉼 없이 달려가는 현대인들에게 심심한 위로와
더불어 인식의 지평을 넓혀주는 계기를 선사할 것이다.
1990년 계간지 〈문학과 사회〉 여름호에 '비와 바람 속
에서' 외 세 편의 시를 발표하면서 등단했으며 시집으
로는 『56억 7천만 년의 고독』, 『聖 타즈마할』, 『너무 아
름다운 병』, 산문집으로는 『철학으로 읽는 옛집』, 『당신
을 위해 지은 집』, 『허무의 기록』, 『만화당 인생』, 『건축
의 스트레스』 등이 있다.

제목	아무것도 하지 않는 즐거움
초판 1쇄 발행	2013년 6월 5일
초판 2쇄 발행	2013년 8월 1일
지은이	함성호
펴낸곳	보랏빛소
펴낸이	김일희, 김철원
기획·편집	김일희, 김지수, 박지호, 서금선, 송지영
마케팅·홍보	김철원, 박소영, 한아름
기획위원	김완수
디자인	나무디자인 정계수
로고 디자인	design co*kkiri
세무회계 지원	박종주세무회계사무소
법무 지원	지오법무사사무소
클라우드 서비스	Google Docs, Dropbox
출판신고	2008년 03월 04일
	제2008-000021호
주소	(150-836)서울특별시 영등포구 문래동 3가 77-59
	중원빌딩 501호
대표전화·팩시밀리	(T)070-8668-8800 (F)070-7500-0555
이메일	purplecowow@gmail.com
커뮤니티	cafe.naver.com/purplecowow
트위터	@purplecowow
페이스북	facebook.com/purplecowow

보랏빛소
Borabit Cow

Dare To Be Remarkable   누구나 첫눈에 반하는 책!

보랏빛소는   (주)퍼플카우콘텐츠그룹의 문학·교양 브랜드입니다.